KB188997

0에서 10까지

사랑의 편지

필립 실비를 위하여

LETTRES D'AMOUR DE 0 À 10
by Susie Morgenstern

Copyright © 1996 l'école des loisirs, Paris
All rights reserved.
Korean Translation Copyright © 2002 by BIR
Korean translation edition is published by arrangement
with l'école des loisirs, Paris.

0에서 10까지
사랑의 편지

수지 모건스턴 · 이정임 옮김

비룡소

차례

1
어네스트

어네스트는 집을 향해 천천히 걸어갔다. 어네스트는 주위 한 번 두리번거리지 않았다 .

집으로 돌아가는 길은 어김없이 언제나 똑같았다. 한 번도 다른 길로 올 수 있다는 것을 생각해 본 적이 없었다. 어쩌다 길을 건너 맞은편으로 걸어온 적조차 없었다. 어네스트는 언제나 똑같은 길로 곧장 학교에 갔다가 집으로 돌아오곤 했다.

어네스트는 내키지 않는 걸음으로 사층까지의 쉰일곱 계단을 천천히 올라갔다. 경중대지도, 허둥대지도 않았다. 어네스트에게 서두를 일이라곤 없었다. 흐르지 않는

요지부동의 나날들. 열한 살이 되도록 어네스트의 인생이 그랬다. 조숙하다 못해 아예 폭삭 늙어 버려, 조그만 움직임조차 없는 삶이었다.

어네스트는 방에다 가방을 내려놓았다. 그래도 그 방은 집 안에서 가장 작아서 다른 방들보다는 잡동사니가 덜 들어앉은 편이다. 방이라기보다는 무슨 벽장이나 옛날 고리짝 감방 같았다. 침대 하나, 책상 하나, 의자 하나, 옷장 하나가 나무랄 데 없이 제자리에 가지런히 놓여 있었다. 어네스트는 가방 속에서 숙제 할 책과 공책을 꺼내 놓고는, 부엌 식탁에 놓여 있을 간식을 찾으러 갔다.

큼지막한 파란 사과 하나와 비스킷이 점심때부터 줄곧 어네스트를 기다리던 터였다. 점심상을 치우면, 집안일을 돌보는 제르멘 할머니는 늘 그렇게 달랑 식탁에 놓아 두곤 했다. 어네스트의 간식 메뉴는 좀처럼 달라지는 법이 없었다.

몇 입 깨물고 나자, 어네스트는 사과가 이내 물리고 말았지만, 그래도 끝까지 우적우적 씹었다. 그리고 숙제를 하기 시작했다. 온 정신을 모아 또박또박. 어네스트는 빨리 하면 할수록 빨리 끝난다는 것을 알고 있었다.

이제 어네스트는 거실의 책장을 뒤적일 수 있을 것이다. 그나마 책장이 자물쇠로 채워지지 않은 유일한 벽장이었다.

할머니가 책장 문이 삐그덕거리고 유리창이 달그닥거리는 소리를 듣고는 방에서 나왔다. 그러곤 거실에 있는 어네스트 곁으로 와 앉았다.

"할머니, 다녀왔습니다." 어네스트가 낡은 벨벳 소파에 앉으며 말했다. 지금까지 아무도 할머니의 이름을 부른 적이 없다. 프레시외즈(재치 있고 세련된 귀부인을 뜻함/옮긴이주)라고, 누군가 할머니를 그렇게 불렀으리라는 것을 도무지 상상하기가 어렵다.

어네스트가 인사하자, 할머니는 고개를 조금 끄덕이고는 그만이었다. 이따금 한두 마디를 할까, 할머니는 좀처럼 말이 없는 분이다. 어네스트는 할머니가 그 자리에서 조금만 더 움직이면, 이내 바스락 부서지고 말지도 모른다는 느낌이 들곤 했다. 할머니는 여든 살이다. 어떤 여든이냐 하면, 그야말로 옛날 옛적 이야기책에 나오는 꼬부랑 깽깽 할머니들 같은 그런 여든이다. 할머니의 얼굴은 너무나 쭈글쭈글하고 구겨지고 바싹 말라 있어

서, 어네스트는 할머니가 어쩌다 혹시 미소라도 짓는 날
에는 그만 할머니 얼굴이 한줌 먼지가 되어 버리고 말
것 같아 문득 겁이 나곤 했다. 하지만 그럴 일은 결코
없을 것이다. 할머니는 절대로 웃는 법이 없으니까. 할
머니는 걸음도 가까스로 걸었고, 먹는 것도 억지로 먹었
고, 손자도 할 수 없이 키웠다. 어네스트에게 할머니말
고는 아무도 없었으므로.

　어네스트는 태어났을 때부터 할머니의 손에 맡겨졌
다. 어네스트의 엄마는 어네스트를 낳다가 돌아가셨다.
자고로 모르레스 집안은 다들 사고로 죽은 모양이다. 그
것도 역사에 길이 남을 사고들로 말이다. 어네스트의 증
조할아버지는 1차 세계대전으로, 할아버지는 2차 세계
대전으로 돌아가셨으며, 아버지는 죽은 엄마를 땅에 묻
은 후 온데간데없이 사라졌다. 그 바람에 어네스트는 그
날로 하루 아침에 애늙은이가 되어 버리고 만 것이다.

　그러니까 어네스트의 할머니는 다섯 살에는 아버지를
여의었고, 서른 살에는 남편을 잃었으며, 일흔 살에는
아들마저 잃고 손자 하나만을 달랑 물려받은 셈인데, 그
때쯤에는 할머니에게 더 이상 육체적으로나 정신적으로
나 손자를 돌볼 여력이 남아 있지 않았다.

그러나 할머니는 해야 할 일은 했다.

할머니는 곧장 아기의 영양 섭취와 위생 관리를 도맡을 가정부를 한 사람 고용했는데, 나이가 할머니보다 조금 적을까 말까 했다. 제르멘이라는 그 할머니는 마침 남편을 잃고 슬하엔 자식 하나 없던 참이라, 돈을 벌기 위해서라기보다는 적적함을 메우기 위해 일을 도맡았다. 할머니와 제르멘 할머니는 그런 대로 잘 지냈다. 두 할머니 모두 똑같은 원칙들을, 이루 헤아릴 수 없는 참으로 많은 원칙들을 갖고 있었기 때문이다. 두 할머니는 엇비슷하니 앞뒤 집에서 살았다. 할머니는 남아돌아가는 방들 가운데 하나를 내어 주려고 했다. 그러나 제르멘 할머니는 처음에 어네스트가 아직 밤낮을 가리지 못하던 아주 갓난아기였을 때나 이따금 날씨가 사나울 때를 빼고는, 아침저녁으로 오가기를 더 좋아했다.

그러니까 제르멘도 똑같이 할머니인 셈이긴 하지만, 그래도 그 할머니는 가장 현대적인 화장술로 할머니라는 사실을 감추려고 무진 애를 쓰는 편이었다. 하기사 무슨 그럴 듯한 설비도, 기구도, 하다못해 텔레비전 하나 없는 이 집에서, 그나마 제르멘 할머니의 화장만이 지금이 고대인지 현대인지를 가늠케 하는 유일한 단서

11

이기는 했다. 제르멘 할머니는 흰머리와 주름살과 불어나는 허리살과의 전쟁에는 열심히 매달렸지만, 웬일로 침울증과의 싸움은 일찌감치 포기하고 말았다. 처음 몇 해 동안은 그나마 제르멘 할머니가 해 주는 살뜰한 몇 마디 말들이 어네스트가 들을 수 있는 유일한 말들이었는데, 어네스트가 학교에 다니기 시작하면서부터는 집주인만큼이나 제르멘 할머니도 입을 안으로 꽁꽁 걸어 잠그고 말았다. 대화라고는 어쩔 수 없이 필요한 몇 마디 말들이 오가는 게 고작이었지만, 그나마도 그다지 꼭 필요했던 건 아니었다. 굳이 말이 없어도 집안 꼴은 그럭저럭 굴러갔기 때문이다. 늘 해온 대로, 되는 대로, 최소한의 규칙만을 꼬박꼬박 지켜 가면서.

제르멘 할머니는 장보는 일과 부엌일을 했다. 전화로 주문을 할 수도 있었겠지만 전화가 없었다. 제르멘 할머니의 친구이며, 따라서 제르멘 할머니만큼이나 나이 지긋한 또 한 사람이 나머지 집안일을 해 주었다. 빨래는 모두 세탁소에 맡겼다.

할머니는 말 없고 침울한 조각상처럼 앉아 있었다. 전에는 할머니도 어네스트 곁에서 무엇인가를 읽곤 했다. 하지만 이제는 눈이 너무 쉬이 침침해졌다. 이따금 어네스트가 책에서 눈을 떼고 바라보면, 할머니는 언제나 안락의자에 등을 곧추세우고 꼿꼿이 앉아 있는 자세 그대로 졸고 있었다. 어쩌다 가끔 코를 골기도 했는데, 그 편이 차라리 그 드르렁거리는 콧소리가 괘종시계의 째깍 소리와 경합을 벌이느라 집안에 다소 활기를 가져다 주곤 했다. 아마 할머니는 자신이 코를 곤다는 사실을 결코 알고 싶지 않을 것이다. 그래서 어네스트는 할머니에게 좀처럼 그런 내색을 하지 않았다.

할머니는 아무리 세상 모르고 자다가도, 저녁 여덟 시만 되면 벌떡 일어나서 라디오 뉴스를 들었다. 라디오 역시 초창기에 만들어진 아주 오래된 구형이었다. 그 라디오로 프랑스 국내 방송을 듣기란, 전쟁 중에 지익지익 주변의 잡음이 섞이며 멀리서 희미하게 들려 왔던 런던 방송을 가려듣는 것만큼이나 힘겨운 싸움이었다. 할머니의 귀가 전과 같이 밝은 것도 아니었고, 또 뉴스 아나운서가 전처럼 하나하나 소식을 알려 줄 때마다 불타는 사명감에 일일이 세 번씩 복창을 하는 것도 아니었다. 그렇다고 크게 문제될 것은 없었다. 할머니가 그다지 세상일에 관심이 지대했던 건 아니었으니까. 이따금 한 번씩 어느 한 단어나 이름, 지명에 반응을 보이는 정도였다. 어쩌다 아나운서가 '독일……' 하고 말하면, 할머니는 땅이 꺼져라 한숨지으며 '독일' 하고 다시 한 번 읊조려 보는 게 고작이었다. 할머니에게 중요한 것은 단지 여덟 시에 라디오를 켜는 일이었다. 지금까지 늘 그래 왔듯이.

처음부터 끝까지 뉴스를 열심히 듣는 쪽은 차라리 어네스트였다. 어네스트는 뉴스를 들을 때마다 마치 라디오 속의 누군가가 자기가 찾고 있는 해답을 일러주리라는 듯 귀를 곤추세웠다. 정치며 선거, 정치가들 따위는 안중에도 없었다. 어네스트는 그저 묵묵히 소파에 앉아서, 3차 세계대전이 발발했다는 소식을 숨죽여 가며 기다리곤 했다. 앞서의 전쟁들처럼, 분명 또 한 명의 모르레스를 데리고 가 버릴 그 전쟁을.

여덟 시 삼십 분이면 모르레스 집안 사람들은 저녁을 먹었다. 메뉴는 언제나 같았다. 수프. 수프는 소화가 잘되며, 발육을 촉진하며, 평온한 밤을 가져다 준단다. 단 소금도, 후추도 넣지 않았을 때에만. 제르멘 할머니는 저녁때 다시 오지 않았다. 어네스트가 수프를 데우고 비운 접시들을 개수대에 갖다 놓았다. 그러고는 자러 갔다. 거기에 아무런 이의가 있을 수 없었다. 아이에겐 잠이 필요한 법이니까. 세수를 하기 전에, 어네스트가 말했다.

"할머니, 안녕히 주무세요."

그러면 할머니는 그러겠다는 표시로 눈을 지그시 감았다.

그런 식으로 하루하루가 이어졌다. 아침이 되면 어네스트는 흥은 나지 않지만 너무도 이골이 나서, 저 혼자 자리에서 일어났다. 그러고는 제르멘 할머니의 사촌이 만든 건지 어떤 건지 '제르멘' 상표가 붙어 있는, 남불산(産)의 시큼한 오렌지잼을 바른 딱딱한 비스킷 빵 두 쪽을 먹고, 미지근한 우유 한 잔을 들이켜고, 타이를 매고, 가방을 싸들고는 학교에 갔다.

어네스트는 점심시간 때마다 집에 왔다. 할머니도, 제르멘 할머니도, 학교 구내식당을 좀처럼 신뢰하지 않았기 때문이다. 집에는 통조림이나 냉동식품 따위는 없었다. 생선은 머리까지 고스란히 그대로 달려 있어야 하며, 감자는 공장을 거치지 않고 땅에서 곧장 캐낸 것이어야 했다. 할머니는 아이들의 음식에 소금이며 설탕, 혹은 몸에 해로운 몹쓸 것들을 들이붓지나 않았을까 겁

15

을 냈다. 제르멘 할머니는 나쁜 기름을 쓰지 않을까, 기껏해야 감자튀김이나 나오겠지, 고기가 상한 건 아닐까, 또 주위가 얼마나 소란스러우랴 등등을 미심쩍어했다.

어네스트에게는 청바지도, 추리닝도 없었다. 일 년에 두 번, 양복점 아저씨가 집에 와서 어네스트의 치수를 재고 옷을 지어 주었다. 옷들은 스타일이 영 어중간한 게, 옛날 옷도, 그렇다고 요즘 옷도 아니었다. 차라리 영국 학교 기숙생들의 교복 같다고나 할까. 셔츠와 타이, 손수건, 내의, 양말과 외투 모두 그 아저씨가 가져다 주었다.

그러한 옷차림 덕분에 어네스트는 다른 아이들과 어울려야 할 자리를 용케 피할 수 있었다. 어쨌든 아이들을 피하는 쪽은 어네스트였다. 취미가 유별나서가 아니라, 그저 조심스럽기 때문이었다. 그렇다고 아이들이 어네스트를 놀려대는 건 아니었다. 아이들은 그런 어네스트의 모습에 적이 익숙해져 있었다. 더욱이 어네스트가 반에서 아무도 넘볼 수 없는 우등생임에랴. 하긴 그렇지 못한 시간들도 있기는 했다. 텔레비전 프로그램이라든가 방학 때의 여행, 일요일에 했던 일을 써서 발표하는 글짓기 시간 같은 경우엔.

어네스트에게 일요일은 다른 날보다도 훨씬 더 시간을 채울 길이 막막했다. 마치 습기 찬 모래시계 속의 모래가 방울방울 떨어지듯 일 분 일 분이 뜸을 들이며 흘렀다. 제르멘 할머니는 점심때나 와서 식사를 준비하고 챙겨 주었다. 일요일 식사에는 고기 한 가지, 야채 세 가지, 디저트로 설탕에 절인 과일이 나왔다.

낮잠 시간이 지나면 할머니는 어네스트를 거실로 불렀다. 그리고 바싹 말라붙은 품 안에서 열쇠를 하나 꺼내, 세공으로 조각조각 이어 붙인 찻장 쪽문을 열고, 정교해 보이는 도자기 상자를 꺼냈다. 그 안엔 편지가 들어 있었다. 두 사람은 황금 사자 모양의 다리가 달린 테이블에 둘러앉았다.

"할머니, 편지 읽어 보시게요?" 어네스트가 물었다.

할머니는 봉투 속의 편지를 꺼내, 무슨 깨질 거라도 되는 듯 조심조심 펼쳐들고는 편지를 뚫어져라 쳐다보았다. 마치 세상 온갖 수수께끼의 해답들이 거기 다 들어 있다는 양. 하지만 할머니도 그 편지에 한해서만은 영락없는 까막눈이라는 걸, 어네스트는 알고 있었다. 그러나 어네스트는 일요일마다 더욱더 간절히 일말의 희망을 걸곤 했다. 반에서 언제나 일등인 어네스트이건만,

편지에 씌어 있는 단 한 글자도 전혀 알아볼 수가 없었다. 거기엔 A도, B도, Z도 없었다. 다만 얽히고 설킨 실타래들이 드문드문 뭉쳤다 떨어지며 소리 없이 무언가를 외치고 있을 뿐이었다. 전선 가까이에 있는 어느한 도시에서 외증조할아버지가 보내셨다는 편지이다. 집안의 온갖 아리송한 비밀 가운데에서도 가장 아리송한 수수께끼가 바로 그 편지였다. 아니면 모르긴 몰라도 적어도 두 번째 수수께끼 정도는 될 것이다. 어네스트는 지금과 같이 우등생으로만 계속 나아가다 보면, 언젠가는 그 모든 암호문들을 꿰뚫어 볼 날이 있겠지 하고 생각했다.

2
빅투와르

어네스트는 좀처럼 웃는 법이 없었다. 학교에서는 선생님이 이름을 호명할 때에만 마지못해 제 의견을 내놓았다. 어네스트의 답변은 정확하고, 신중하고, 일목요연했으며, 관찰은 예리하면서도 조리 있었다. 어네스트는 학교를 좋아했다. 재재거리는 아이들의 말소리가 마치 음악처럼 외로움을 달래 주기도 하거니와, 학교는 언젠가는 낡은 편지 위에 그려진 그 잉크 자국들을 읽어 낼 수 있으리란 희망을 북돋워 주었기 때문이다.

남자 아이들은 어네스트가 혼자 떨어져 다니거나 말거나 가만 내버려두는 편이었다.

반면 여자 아이들은 어떻게든 어네스트의 눈에 띄어 보려고, 어네스트의 세계에 끼어들어 보려고, 아니면 어네스트를 열기 가득한 자기들의 세계로 끌어당겨 보려고 무진 애를 썼다. 어네스트에게는 아무리 해도 감출 수 없는 것이 하나 있었다. 바로 그 잘생긴 얼굴이었다. 여자 아이들은 모두가 한결같이 어네스트에게 다가갈 수 있기를, 어네스트와 가까워질 수 있기만을 꿈꿨다. 다들 어네스트의 검은 눈의 그 그윽한 시선을 한 번만이라도 받아 보았으면 하고 소망했지만, 얄궂게도 어네스트의 눈길은 늘 땅이나 하늘, 아니면 책갈피에만 붙박혀 있었다.

　여자 아이들이 어네스트한테 주려고 책상 위에 놓고 간 과자들은 그 자리에 그대로 남아 있다가, 결국은 청소부 아줌마의 차지가 되곤 했다. 어네스트가 무례해서가 아니라, 단지 과자란 것을 한 번도 먹어 본 적이 없어서 겁이 났기 때문이다. 할머니와 제르멘 할머니는 그런 걸 먹지 않았다. 가끔 꽤 맛있어 보이는 케이크나 특이한 이국의 과일이 놓여지기도 했지만, 어네스트는 모든 일엔 규정이란 게 있어서 정해진 식사 외에 주전부리 따위를 해선 안 된다는 것을 알고 있었다.

가끔 여자 아이들이 쪽지 따위를 건네 주기도 했다. 하지만 어네스트는 그걸 펼쳐보겠다는 생각을 한 번도 해 본 적이 없었다. 그러니 무슨 말들이 적혀 있는지 모를 수밖에. '어네스트, 난 네가 좋아.', '넌 너무 멋있어, 내 과자 먹어.', '다음 주 수요일 내 생일 파티에 널 초대할게.'…… 부질없는 희망만으로 가득 찬 사랑의 말들.

쉬는 시간이면 어네스트는 운동장 벤치나 차양 밑에 앉아 책을 읽었다. 그리고 수업이 끝나면 곧장 집으로 갔다. 왼쪽으로든 오른쪽으로든 눈길 한 번 주는 법이 없었다. 더러는 여자애들이 어네스트를 좇아오기도 했다. 계속 따라오다 보면 어네스트가 뭐라 한 마디라도 건네지 않을까 하는 꿈에 마냥 부풀어서 말이다. 그 애들은 늘 어네스트네 집 앞을 서성이며 어네스트가 나오기만을 숨죽여 기다리고, 어네스트가 안녕이란 말 한 마디를 해 주기를 오매불망 고대하며 지냈다.

어네스트의 생활 속에는 어긋난다는 게 없었다. 언제나 똑같은 하루하루가 지겹도록 되풀이되고 이어졌다. 놀랄 만한 일이라곤 없었다. 적어도 11월 초의 그 월요일까지는.

교장 선생님이 불쑥 교실에 들어오더니, 신입생 한 명을 교단 앞에 세웠다.

"빅투와르 드 몽타르당을 여러분께 소개합니다. 앞으로 여러분과 같은 반 친구가 될 거예요."

어네스트는 가벼운 충격을 받았다. 빅투와르라는 그 여자애는 다른 애들과는 사뭇 달랐다. 연푸른색 블라우스에 주름치마, 꽉 끼는 웃옷을 걸친 모습이 조금은 자기와 비슷했다. 그 애는 검은색 머리띠로 길고 검은 머리를 가지런히 묶고 있었다. 하필 빈 자리라곤 어네스트의 바로 옆자리뿐이라서, 담임 선생님은 그 애를 어네스트 옆에 앉혔다. 그 애가 자리에 앉으며 어네스트에게 말을 건넸다. 복잡할 것 없이 툭 터놓고, 그저 소탈하게 '안녕' 하고 말이다. 어네스트는 똑같이 '안녕' 하고 대답하는 것말고는 무슨 말을 해야 할지 몰랐다.

선생님이 그 애에게 책을 내어 줄 때마다 어네스트가 그 애에게 책의 어디를 펴야 할지를 일러주었다. 그럴 수밖에 없었다. 매번 선생님이 그러라고 했으니까.

"어네스트, 부탁한다. 새로 들어온 친구에게 설명을 좀 해 주렴."

어네스트는 마치 로봇처럼 선생님의 명령을 따랐다.

그 애를 차마 똑바로 쳐다보지는 못했지만, 그 애가 제대로 알아듣고 있다는 것은 확인할 수 있었다. "……알겠지?" 하고 어네스트가 설명을 마치면, 그 애는 씩씩한 한 마디로 어네스트에게 고마움을 표시하곤 했다. "아암, 통과!"

쉬는 시간이 되자, 그 애는 다른 여자 아이들과 어울리는 대신 어네스트의 뒤를 따라나섰다. 어네스트가 앉은 의자로 와서 어네스트가 하는 그대로를 따라 했다. 책읽기를 말이다. 한데 그 애에겐 책이 없었다. 그래서 그 앤 어네스트 옆으로 바싹 다가앉아서, 어네스트의 책을 함께 읽었다. 어네스트의 읽기 속도에 보조를 맞춰가며, 어네스트가 책장을 넘길 때면 대충 자기도 다음 장으로 넘어갈 준비가 되어 있으려니, 그 애의 두 눈이 여간 분주하고 고달픈 게 아니었다.

쉬는 시간이 끝나자, 어네스트는 책을 덮고 교실로 들어갔다. 빅투와르가 그 뒤를 졸졸 따라갔다. 점심시간이 되자 어네스트는 외투를 입고 집으로 향했다. 이번에도 또 빅투와르가 그 뒤를 졸졸 좇아왔다. 어네스트가 집으로 들어가는 문을 열자, 그 애가 소리쳤다.

"우리 집은 좀더 가야 해. 이따가 다시 너희 집 앞으로 올게. 점심 잘 먹어!"

다시 나와 보니 빅투와르가 문 앞에서 기다리고 있었다. 어네스트는 그냥 뚜벅뚜벅 걸어갔다. 마치 빅투와르란 애가 있거나 말거나라는 투로. 어네스트에게 자기의 존재를 알릴 필요가 있다고 생각한 빅투와르가, 갑자기 어네스트의 팔을 잡아당기며 물었다.

"너 여기서 산 지 오래됐니?"

어네스트가 고개를 저었다.

"넌 학교 식당에서는 전혀 안 먹니?"

어네스트가 고개를 끄덕였다.

"너, 형이나 누나는 있어?"

어네스트의 고개가 왼쪽에서 오른쪽으로 크게 반원을 돌며 절레절레 흔들렸다.

"너희 부모님은 꽤 엄격한 편이신가 봐?"

빅투와르는 자기가 묻는 말에 어네스트가 대답을 해도 그만 안 해도 그만이었다. 할 이야기가 워낙 많았던 탓이다.

"우리 엄마 아빠는 굉장히 엄하셔. 그래서 우리 집에선 숙제를 다 해 놓기 전에는 텔레비전도 볼 수가 없지 뭐니. 넌 무슨 프로를 제일 좋아해? 무슨 음식을 좋아하는데? 넌 어떤 가수를 좋아하니? 수요일 과외활동으론 주로 뭘 하니? 난, 피아노와 수영을 해. 방학 동안에는 어딜 가? 넌 수집 같은 건 안 하니? 난 초콜릿 은박지 종이들을 모으거든. 너 외국에 나가 본 적은 있니? 너희 부모님은 아이들끼리 하는 파티 같은 데 가도 된다고 하시니?"

어네스트는 여태까지 제법 똑똑한 학생인 줄만 알았던 자신이 얼마나 형편없는 열등생이었던가를 새삼 깨달았다. 어느 질문 하나에라도 똑 부러지게 대답을 못하겠으니 말이다. 가수 이름 하나, 텔레비전 프로그램하나 변변히 알고 있는 게 없었다. 어떤 음식을 제일 좋아하냐고? 그저 차려 주는 대로 먹었을 뿐이다. 자기 그릇에 가장 자주 채워지는 게 수프인 걸로 보아 그걸 가장 먼저 꼽아야 할지도 모르겠다. 하지만 유독 수프에 남다른 애착이 가는 것도 아니었다. 수집이라고 했는데, 자기가 하나하나 세어 볼 지경으로 골몰했던 거라곤, 집까지 걸어 올라가는 계단 쉰일곱 개라든가, 학교까지 걸어가는 걸음걸이 수(종종 그것까지 세곤 했다) 따위, 아니면 어느 샌가에 하루를 야금야금 갉아먹곤 하던 일 분일 분이나 혹은 짓눌러 죽을 것처럼 축축 늘어지던 또 다른 종류의 일 분 일 분이 고작이었다.

"이만하면 웬만큼 물어 본 것 같다. 넌 내게 뭐 물어 볼 거 없니?"

어네스트는 덜컥 겁이 났다. 한 번도 질문 따위를 받아 본 적이 없기 때문에, 어떤 식으로 어떻게 질문을 해야 하는지 도무지 감을 잡을 수가 없었다. 게다가 자기는, 만나는 사람마다 궁금증이 일 만큼 그다지 호기심이 많은 편도 아니었다. 어쨌든 애를 써 보긴 했다. 질문이 될 만한 아주 작은 실마리라도 찾아보려고, 지금까지 그 방면에 영 무용지물이기만 했던 뇌의 한 쪽을 긁적거려 보았다. 그런데도 아무것도 입 밖으로 새어 나오지 않았다. 그럴수록 왠지 그 애 마음에 들고 싶다는 생각이 간절해졌다. 마치 어네스트의 곤혹스러움을 다 이해한다는 투로 빅투와르가 말했다.

"괜찮아, 어네스트. 넌 워낙 잘생겨서 굳이 말로 호감을 사려고 애쓰지 않아도 돼."

그 애는 어네스트 팔을 아까보다도 더 꼭 붙잡았다. 어네스트는 자기 귀를 믿을 수가 없었다. 내가? 잘생겼다고? 태어나서 처음 들어본 소리다.

질문…… 질문이 딱 하나 생각났다. 질문이란 대답을

얻기 위해 하는 거다. 굳이 대답을 듣고 싶은 게 아니라면 아예 이것저것 묻지를 말 일이다. 갑자기 어네스트가 그 애를 돌아보면서 더듬거리기 시작했다.

"비-비-비-비-빅투와르!"

마침내 어네스트가 입을 뗐다.

"넌 왜 이름이 '승리'니?"(불어 victoire는 영어 victory와 마찬가지로 '승리'라는 뜻이다/옮긴이주)

어네스트는 무언가 역사적인 승전을 기념하기 위해서였다는 대답이 나오겠거니 생각했다.

"왜냐하면 아들만 내리 열둘을 낳은 끝에 내가 태어났거든. 우리 부모님은 열세 번째 시도에서만은 기필코 딸이기를 끔찍이 바라셨대. 그래서 내가 우리 엄마 아빠의 승리가 된 거란다!"

그럼 열두 아들의 이름은 '실패'가 되는 걸까? 어네스트는 그게 못내 궁금했다. 어네스트는 한숨을 쉬었다.

"형제가 열둘이라고?"

"이젠 열셋이야. 엄마가 딸 하나를 더 얻으려는 욕심에 마지막으로 한 번 더 시도를 하셨거든. 꽝이었어. 그래서 여섯 달짜리 남동생이 하나 더 추가."

'일개 부대로군.' 하고 어네스트는 생각했다.

27

오후 내내, 어네스트는 열세 명의 남자 아이들 틈에 끼어 있는 빅투와르의 모습이 자꾸 눈앞에 아른거렸다. 거기에 골몰하느라 어네스트의 수업 태도가 좀 해이해진 감이 있으나, 워낙 수업에 길이 든 탓인지 공부가 스스로 알아서 공부했다. 언제나 빅투와르가 어네스트의 뒤를 졸졸 따라다녔다. 쉬는 시간이면 그 애는 여전히 어네스트 어깨 너머로 어네스트의 책을 읽었다. 반 여자 아이들이 둘 주위를 어물쩡거리며 소리 없는 아우성을 쳤지만, 그 '커플'은 무정하게도 아랑곳하지 않았다.

수업이 끝나자, 담임 선생님이 빅투와르에게 무슨 쌍두탑처럼 양쪽으로 뒤죽박죽 쌓아올린 책 두 무더기를 내주면서 내일까지 책 커버를 씌워 오라고 일렀다. 빅투와르가 책의 반을 어네스트의 두 팔에 덥석 덜어 놓으면서 말했다.

"따라와!"

3
제레미

집 앞에 이르렀을 때, 어네스트는 이제 그만 책 더미를 내려놓고 공손하게 말하고 싶었다. '난 더 이상 못 가겠어.' 라고.

그러나 한 사람이 들기엔 책이 너무 많은 게 사실이었고, 또 어네스트에게도 웬만큼의 양식은 있어서, 궁지에 빠진 사람을 내버리고 가는 건 사람의 도리가 아니라는 것쯤은 알고 있었다. 그럼에도 불구하고 어네스트는 자기가 늘 걸음을 멈추어 왔던 곳을 넘어선다는 생각에 등골이 다 서늘했다. 할머니가 넘어가면 안 된다며 금을 딱 그어 놓은 것도 아니건만, 여하튼 느낌이 야릇했다.

집 아파트 건물을 그대로 지나쳤는데도, 여전히 숨이 붙어 있고 벼락 하나 떨어지지 않은 게 어네스트에겐 놀랍기만 했다. 여태껏 할머니는 한 번도 어네스트에게 꾸지람을 준 적이 없었다. 아니 아예 꾸지람 칠 만한 뭐가 없었다.

놀라움에 다시 또 놀라움이 이어졌다. 십 년 전부터 줄곧 어네스트의 발목을 잡았던 집을 벗어나 삼백 미터도 채 못 가자, 개들이며 아이들 그리고 그 밖의 온갖 것들이 바람에 일렁이는가 싶더니 불현듯 어네스트의 머릿속을 송두리째 뒤흔들어 놓았다. 어네스트는 처음으로 자신이 대담무쌍한 도시의 사냥꾼, 거리의 모험가, 아니 거의 영웅이라도 된 듯한 느낌이었다.

어네스트는 빅투와르를 따라 공원을 가로질렀다. 빅투와르네 아파트는 공원의 푸른 숲에 바로 맞닿아 있었다. 어네스트는 아파트 정문 앞에 책을 내려놓으며 말했다. "자!" 어네스트가 하고픈 속엣말이 "자"라는 그 한마디에 고스란히 담겨 있었다. '자, 난 내 의무를 다 했어. 짝꿍으로서의 의무, 반 친구로서의 의무, 나아가 시민으로서의 의무, 인간으로서의 의무까지도.'

어네스트는 '의무'라는 단어의 의미를 속속들이 파악

하고 있었던 것이다.

"다 하다니!" 빅투와르는 자신이 들고 있던 책 무더기를 어네스트에게 안기고, 대신 어네스트가 바닥에 내려놓았던 무더기를 다시 주워 들고는, 과묵한 짐꾼을 떼밀어 승강기 앞에 세웠다. 어네스트의 팔에 얹힌 책더미가 다달다달 떨렸다. 그건 곧 어네스트가 겁을 먹었다는 얘기다. 어네스트가 말했다.

"난 걸어갈래."

"미쳤니, 너? 우리 집은 팔층에 있어. 우리 아빠 말마따나 팔층이면 하늘나라 한가운데라고."

쇠창살로 만들어진 새장 속에 빅투와르가 어네스트를 밀어넣자, 새장은 덜커덩거리며 천천히 올라가기 시작했다. 어네스트는 숨을 쉴 수가 없었다.

"아이들이 승강기를 타도 되는 걸까?"

빅투와르가 두 눈썹 가운데 한 쪽을 지긋이 세우고 두 눈 가운데 하나를 찡긋 감고는, 잠시 생각에 잠겼다.

"왜 못 타?"

기적적으로 죽지 않고 살아서 승강기에서 내린 어네스트는, 하나뿐인 팔층 문 앞에 책을 내려놓으며 다시 한 번 말했다. "자!"

하지만 어네스트가 허겁지겁 계단참으로 내달릴 사이도 없이 문이 딸깍 열리면서, 아기를 안고 있는 한 젊은 남자의 모습이 불쑥 나타났다. 아기가 온 얼굴을 벙긋거리며, 온몸을 버둥거리며, 그 자리에 석고상처럼 굳어 있는 어네스트를 향해 두 팔을 벌렸다.

"너한테 안아 달라는 거야. 안아 줘." 빅투와르가 말했다.

"얘가 제레미야."

제레미는 제 맘먹은 대로, 어느 샌가 벌써 어네스트 석고상의 가슴께에 찰거머리같이 매달려 있었다. 어네스트는 속으로, '내가 기다리던 벼락이 바로 이건가?' 하고 곰곰이 따져 보았다. 느닷없이 어네스트의 얼굴에 여태껏 한 번 배워 본 적조차 없던, 아주 새로운 표정이 떠올랐다. 얼굴에 번개같이 얼핏 미소가 스친 것이다. 제레미는 포동포동한 두 팔을 내둘러 거의 숨이 막힐 지경으로 어네스트를 끌어안았다. 그처럼 어네스트를 꼭 껴안아 준 사람은 여태껏 이 세상에 아무도 없었다. 다른 건 몰라도 거기가 하늘나라 한가운데인 것만은 분명한 듯했다.

"거기서 그러고 있지 말고 들어와!" 젊은 남자가 말

했다.

"안 돼요. 가야 해요." 어네스트는 기어들어가는 소리로 안녕히…… 하고 우물거리면서 계단을 내려섰다.

"얘, 근데 넌 아기도 데려갈 거니?" 빅투와르가 소리쳤다.

"어, 미안해! 미처 생각하지 못했어."

어네스트가 말하며 다시 계단을 올라섰다.

"글쎄, 그 앨 떼어 놓으려면……."

"자! 여기 있어!" 어네스트는 당당하게 말하며 악다구니처럼 완강히 매달려 있는 아기를 떼어 내려고 애를 썼다.

"들어오라니까!" 몸집이 우람한 젊은 남자가 말했다.

"우리 오빠 단이야. 스물두 살. 이 앤 어네스트인데, 나랑 가장 친한 친구야."

'친구'라는 그 말에 어네스트는 그만 마음이 흔들렸다. 두 사람을 따라 현관에 들어서자, 입구를 가로막고 선 거대한 이삿짐 더미 너머로 긴 복도가 보였다. 그 위에서 벌어지고 있는 상황으로 보아, 그 긴 복도가 더할 나위 없이 안성맞춤인 듯 보였다. 경주자 세 명이 상자와 상자 사이를 절묘하게 비켜가는 롤러스케이트 회전

경기를 치르며 즉석에서 챔피언 쟁탈전을 벌이고 있었던 것이다.

"스불론, 납달리, 그리고 아셀 오빠야."

빅투와르가 한숨을 섞어가며 이름들을 주워 섬겼다. "웬수들!"

경주자 세 명은 모두 어네스트나 빅투와르와 비슷한 또래들로 보였다. 한데 웬 아프리카 이름들일까? 어네스트는 궁금했다. 어네스트가 큰 소리로 되물었다.

"스불론, 납달리, 아셀?"

"우리 엄마 아빠는 될수록 많은 이름들이 한 묶음 필요하셨거든. 엄마 아빠는 처음엔 프랑스 국왕들 이름이 어떨까도 생각해 보았지만, 자식들 이름을 모두 루이로 지을 수야 없잖아. 두 분은 아예 처음부터 아이들을 많이 낳을 작정을 단단히 하고 계셨대. 그래서 우선 급한 김에 이스라엘의 열두 지파 이름들부터 쓰고 보자고 합의를 보셨다나 봐. 그 이름들에 걸맞게 열두 자식 모두를 선량한 인물들로 키울 수 있을지는 두고 봐야 알 일이지만 말이야."

"그럼 그게 모두 성경에 나오는 이름들이란 말이야?"

"그렇대, 너 아니?"

"우리 집에 아주 오래된 성경책이 한 권 있어서 한 번 읽어본 적은 있어. 하지만 그 이름들까지는 기억나질 않아."

거실로 들어서자, 이번엔 또 다른 네 지파들이 거실 한복판에서 리모컨 쟁탈전을 벌이고 있었다. 이삿짐 상자 밖으로 나와 있는 유일한 세간인 텔레비전이, 네 지파 못지않게 아우성을 치고 있었다.

"갓, 베냐민, 에브라임, 므낫세."

그 때까지도 여전히 아기를 안고 있어야 했던 이방인 어네스트의 얼굴이 갑자기 뻣뻣하게 굳어졌다. 팔에 웬 뜨뜻한 액체가 느껴지는 듯싶더니, 어느 사이엔가 나이아가라 폭포수 못지않은 세찬 물줄기가 좌악좌악 바닥으로 떨어져 내리고 있었다. 그걸 본 빅투와르가 단에게 고래고래 소리를 질러댔다.

"기저귀 간 지가 백 년은 됐겠다, 응?"

"나도 방금 전에야 들어왔는걸, 뭐. 유다한테 물어봐. 걔가 오늘 당번이었으니까."

"그만둬! 내가 갈고 말지."

빅투와르는 어네스트에게 따라오라며 아기를 데리고 방으로 갔다. 빅투와르가 아기와 함께 쓰고 있는 그 방은 광대한 아파트 저쪽 끝에 있었다. 방 안은 그야말로 온갖 장난감 동물들이 나뒹구는 동물원이었다. 게다가 모빌에, 악기 상자들에, 아무튼 이루 헤아릴 수 없이 많은 장난감들에다가, 그 잡동사니들을 방금 쏟아 낸 듯싶은 빈 상자 더미들까지도 더해져, 방은 미어터지기 일보 직전이었다. 어네스트는 수도승이 거하는 곳 같은 자기 방을 떠올리며, 빅투와르가 어떻게 이런 속에서 공부를 할 수 있는지를 헤아려 보려 애를 썼다. 어네스트는 빅투와르가 가리키는 누리끼리한 덮개가 씌워진 기저귀대에 제레미를 내려놓고는, 엄마는 이런 거다를 단적으로 보여 주는 빅투와르의 노련한 손놀림을 지켜 보았다. 제레미의 일을 끝내자, 빅투와르는 어네스트의 옷까지 말끔히 닦아 준 뒤, 아기를 커다란 모빌 한가운데 디밀어 놓고는, 어네스트의 손을 잡아끌고 부엌으로 데려갔다. 그 집은 가족 규모에 걸맞게 아흔아홉 칸짜리 아파트가 아닐까 싶을 정도로, 어딜 가나 문이었다. 반쯤 열려 있는 한 문 앞을 지나다가, 빅투와르는 책상에 고개를 박고 있는 또 한 오빠를 가리켰다.

"르우벤인데, 저 오빠 날마다 공부만 해. 고3 수험생이시거든! 올 한 해는 애 보는 일도 면제시란다."

부엌에선, 잇사갈과 시므온이 거의 한 트럭분은 될 듯한 감자들을 벗기고 있었다. 일일이 세어 본 건 아니지만, 어네스트에게는 마치 일개 연대 전체가 이 팔층 안에 들어앉아 있는 것만 같이 여겨졌다. 빅투와르가 "입 좀 벌려 봐!" 하면서, 어네스트에게 진밤색으로 된 무슨 고무창 같은 것을 내밀었다. 그것만은 도저히 수락할 수가 없었다.

"이젠 가 봐야 해, 정말이야!"

"갈 때 가더라도 초콜릿 좀 먹어 주라!"

"고맙지만, 싫어."

"날 도와 주는 일이래도. 네가 이 판의 반만이라도 먹어 주면, 난 천 번째의 은박지를 모을 수가 있단 말이야. 먹어 봐! 그래도 순도 칠십이 퍼센트 초콜릿이라고."

"정말 안 돼, 집에 가면 또 간식을 먹어야 하는걸, 뭘."

어네스트가 "안녕." 하며 뒷걸음질쳐 나오는데, 누이에게 버림받은 제레미의 울부짖는 소리가 들려 왔다. 어네스트는 '아기가 운다'라는 걸 알려 주기 위해 다시 부엌으로 되돌아가야만 했다.

"걱정 마, 쟤도 나름대로 의사 표시는 해야지. 다들

그러면서 크는 거지 뭐."

빅투와르가 문 앞까지 어네스트를 따라 나왔다. 궁금한 게 한두 가지가 아니었으나, 그 가운데서도 특히 한 가지가 줄곧 어네스트를 괴롭혔다. 어네스트는 빅투와르에게 물어 보지 않을 수가 없었다.

"그런데, 넌…… 부모님이 계시니?"

빅투와르가 한 쪽 눈썹을 치켜세우고 한 쪽 눈을 감았다.

"내 참, 별걸 다 묻네. 그걸 말이라고 하니. 부모 없는 사람이 어디 있다고! 너도 부모는 있잖아, 안 그래?"

"아니, 난 없어."

어네스트는 그 말을 하곤 도망치듯 내달렸다.

4
프레시외즈 할머니

어네스트는 승강기 철창을 멀거니 바라보았다. 그걸 타면 땀 한 방울 안 흘리고 사층까지 단숨에 올라갈 수 있었다. 갑자기 온몸에 피곤이 몰려왔다. 그런데도 어네스트는 늘 하던 습관대로 계단을 오르기 시작했다. 쉰일곱 계단을 오르면서, 어네스트는 이상하게 머리가 몸의 나머지 부분과 따로 떨어져 겉도는 것 같았다. 어네스트는 아기와, 빅투와르와, 한 떼의 형제들을 몇 번이고 떠올려 보았다. 그러고는 제 나름대로 답을 찾으려고 애를 썼다. 어떤 엄마는 혼자서 그 많은 아이들을 낳았는데, 어떻게 어떤 엄마는 애 하나를 낳다 말고 죽어 버릴 수가 있을까? 자식이 열넷이라고? 그렇다면, 빅투와르의 엄마는 열두 해 남짓 동안을 늘 뱃속에 아기를 갖고 다녔고, 게다가 그 가운데 적어도 쉰여섯 달 정도는 끔찍한 배불뚝이로 살았다는 얘기가 된다. 어디 그뿐인가. 어네스트는 열네 번이나 대물려 쓰느라 안쓰러워 보이기까지 하던 제레미의 기저귀가 떠올랐다. 그 아이들을 모두 어떻게 입히고, 먹이며, 가르칠까? 그러느라 아이들을 돌봐야 할 부모님은 집에 있지도 않았던 것이다. "두 분 다 일을 하셔."라고 빅투와르는 말했었다. 당연히 그럴 수밖에 없을 것이다. 설령 열여섯 명 모두가 날마다 감자만 먹고 산다 하더라도 말이다.

어네스트는 방에 들어와 가방을 내려놓았다. 어네스트를 기다리는 것은, 여전히 아무런 표정도 없는 사과와 비스킷뿐이었다. 어네스트는 그것들을 한 번 힐끗 쳐다보고는, 휑하니 돌아 할머니 방 앞으로 갔다. 모든 게 그대로였다. 어네스트가 얘기하지만 않는다면, 어쩌면 할머니는 어네스트가 늦었다는 것조차 모르고 있을 것이다. 하지만 어네스트는 너무 정직했다. 어네스트는 할머니를 깨울까 봐, 소리를 낮췄다.

"할머니, 다녀왔어요. 오늘은 좀 늦었어요."

어네스트는 인사를 마친 뒤, 다시 되돌아 거실로 갔다. 정말이지 죽어라 뱅뱅 돌기만 하는 하루다. 어네스트를 비웃기라도 하듯, 편지는 여전히 거실 보물단지 속에 있을 터였다. 어네스트는 무슨 대단한 정보라도 입수한 양, 요모조모 따져 보기 시작했다.

"이제 난 한꺼번에 열네 명을 알게 되었으니, 편지해독하는 데 도움을 줄 만한 인원이 적어도 열넷은……아니 열셋이라 하는 게 낫겠어, 확보된 셈이야."

그러니까 그게 오늘 하루만도 벌써 두 번째인 셈이다. 하늘에서 어네스트에게 미소가 떨어져 내린 게. 어네스트는 사과 하나를 맛있게 먹고는, 일사천리로 숙제를 해 나갔다. 하지만 숙제를 끝내자, 또다시 무료한 일상의 시간이 돌아왔다. 어네스트는 책을 읽을 수가 없었다. 두 눈이 책 속에 붙박힌 채, 도무지 행들을 훑어 나갈 생각을 하지 않았다. 종이 위의 글자들을 벅찬 감동들로 바꿔 줄 그 신비한 마법도 힘을 잃었다. 단어들은 마치 깃털이 뽑힌 것처럼 축축 처져서, 좀처럼 머릿속으로 날아들 생각을 하지 않았다. 문장들이 제자리에서 매암을 돌았다. 몇 번이고 읽고 또 읽어 보았지만, 어네스트의 머릿속은 온통 그 날의 사건들로 가득 찰 뿐이었다. 단어란 단어는 모두 그 날의 상황으로만 이어졌다. '형제'며 '친구'가 지금까지와는 사뭇 다른 울림으로 어네스트에게 와 닿았다. 어쩌다 '범하다'란 단어가 눈에 들어오자, 심지어 빅투와르가 자기를 범했다는 생각마저 들었다. 자기에게 양해 한 번 구하지 않고, 자기 마음대로 자기를 제 밑의 졸개쯤으로 삼았으니 말이다. 진짜 두목, 진짜 대장이 묻는다. 걸을래 죽을래. 어네스트는 여기서 그대로 주저앉고 말 수는 없었다. 어네스트는 세 번째의 미소를 빙긋 띄워 올렸다. '대장 만세!'

여덟 시인데도 할머니가 거실로 나오는 기척이 들리지 않았다. 어네스트는 왠지 불안해졌다. 자기가 기다리던 벼락이란 게 바로 이런 거였나? 행여 할머니가 죽기라도 했다면? 어네스트가 할머니 방문을 두드릴 만한 용기를 내기까지는 몇 초가 걸렸으며, 감히 방 안에 들어서기까지는 장장 일 분이 걸렸다. 할머니는 침대에 걸터앉아 두 발을 바닥에 늘어뜨리고 손에는 봉투 한 장을 든 채, 마치 몽유병 환자처럼 넋을 놓고 있었다. 어네스트를 보자 비로소 퍼뜩 정신이 드는지, 할머니는 봉투를 베개 밑에 쌓인 한 무더기의 편지들 사이에 슬그머니 끼위 넣었다.

"할머니, 여덟 신데요."

할머니는 고개를 끄덕이고는, 다리 쪽으로 윗몸 일으키기를 수차 시도한 끝에 가까스로 걸음을 옮기기 시작했다. 할머니가 코드를 연결하자, 라디오는 정해진 일정량의 지진과 산불과 기근과 내전 소식들을 일제히 토해내기 시작했다. 할머니는 라디오를 끄고, 어네스트는 수프를 데웠다. 처음으로 어네스트는 할머니한테 낮에 있었던 이런저런 일들을 시시콜콜 이야기하고 싶은 맘이 일었다. 할머니는 뭘 물어 보는 법이 없었다. 무릇 나날이란, 으레 일어나야 할 일들이 일어났다가 사라질 따름이다. 사람은 누구나 해야 할 일을 할 뿐이다. 그뿐이다. 그 이상은 없다. 한데 갑자기 어네스트가 그 이상을 간절히 원하는 것이다. 하긴 가끔은, 으레 일어나는 일들과 해야 하는 일들 이상의 사소한 무엇이라도 불러일으켜야만 할 때가 있는 법이다.

'할머니!' 하고 운을 떼긴 했지만, 어네스트는 어디서부터 어떻게 자기 신상에 벌어진 일대 뉴스를 할머니한테 알려야 할지 몰랐다. 할머니 프레시외즈는 아이가 다소 흥분해 있다고 생각했다. 아무래도 수프로는 진정이 안 된 모양이다. '하긴 이젠 다 컸어. 어찌 저리 잘 생겼을꼬. 자랄수록 지 애비를 쏙 빼닮아간다니까.' 혼 자서 그런 생각을 하면서, 할머니는 한숨을 토해 냈다. 그 깊은 한숨 소리에, 하마터면 어네스트는 단단히 별렀 던 계획을 그만 포기해 버릴 뻔했다. 어네스트는 할머니 한테 하고 싶었던 그 모든 질문과 이야기들 가운데 무엇 부터 말을 꺼내야 할지 막막했다. 뜻밖이긴 마찬가지겠 지만, 아무튼 그래도 그 중 가장 사소한 일부터 얘기하 기로 맘을 먹었다. 자신의 어리석은 행동들을 할머니가 굳이 시시콜콜 알아야만 하는 걸까, 아니 차라리 모르고 있도록 하는 게 도리가 아닐까? 여하튼 입을 떼었으니, 무슨 말이든 해야만 했다.

"할머니, 저 오늘 학교에서 곧장 집으로 왔던 게 아 니에요. 우리 반 어떤 애를 도와 주어야 했거든요. 개랑 같이 개네 집에 가다가 무지무지 큰 공원을 지나갔어요. 공원이 우리 집에서 아주 가깝던데, 아세요, 할머니?"

할머니가 고개를 끄덕였다.

"아주 멋진 공원이었어요. 할머니, 혹 제가 학교에 간 사이에 할머니도 이따금 한 번씩 밖에 나가 보세요?"

할머니는 시선을 떨구며 나지막이 "아니." 하고 대답

했다. 사실, 할머니가 외출을 전혀 하지 않는다는 것은 누구보다도 어네스트가 잘 알고 있었다. 그런데 그런 생각을 지금에서야 하게 되다니……. 어네스트는 죄송한 마음이 들었다. 사실 외출이 건강에 꼭 필요한 건지는 잘 모르겠다. 또 연로한 할머니가 건강한 편인지 어떤지도 알지 못했다. 할머니는 몸이 안 좋다 싶을 때는, 자리에 누워 잠을 잤다. 어네스트가 감기에 걸리거나 목이 붓거나 귀가 아프면, 할머니가 아스피린 한 알을 주곤했다. 어네스트는 한 번도 학교를 결석해 본 적이 없다. 어쩌다 할머니가 의사를 부른 적도 없다. 병은 지나가기 마련이란다. 날들이 흘러가기 마련이듯.

어네스트는 할머니를 외출시키자고 마음먹었다.

'난 할머니께 해 드린 게 아무것도 없어. 게다가 할머니에 대해서 무엇 하나 아는 것도 없고.'

침대 위에서 꼼짝도 않고 멍하니 앉아 있던 할머니의 모습이 자꾸 눈앞에 어른거려, 결국 어네스트는 할머니한테 물었다.

"할머니, 할머니는 하루 종일 뭘 하세요?".

프레시외즈 할머니는 손자를 뚫어지게 쳐다보았다. 마치 무슨 못 먹을 걸 삼켰다거나 아니면 말없이 넘어가

던 그들의 일상에 뭔가 탈이라도 났다는 듯한 얼굴이었
다. 확실히, 말을 한다는 건 할머니와 어네스트 사이에
는 좀처럼 없는 일이었다. 마치 말들이 말을 않는 습성
때문에 형편없이 눌리고, 짜부라지고, 막혀서, 급기야는
아예 입이 봉해질 지경에 이른 것 같았다. 말들은 끊임
없이 솟아나는 샘처럼 흘러 나오지 못하면 이내 얼어붙
고 만다. 마음과 마음을 이어줄 그 말들이 말이다. '하
루 종일 뭘 하냐고? 죽지 않고 살아남는 일. 어떻게든
말이야.' 할머니는 마음 속으로 이렇게 되뇌이며, 어네
스트에게 말했다.

"뭘 하긴. 그저 쉬는 거지."

"하지만 할머니, 뭐라도 일을 했어야 쉬는 거지요."
어네스트는 아무 일도 안 하는 사람은 허약해지거나, 병
이 들거나, 미치고 만다던 선생님 말씀이 생각났다.

"살 만큼 살았으니 물러나 쉬는 거지. 할미는 생각을
한단다."

"무슨 생각이요, 할머니?"

"죽은 가족들 생각."

어네스트는 할머니의 그 대답이 영 못마땅했다. 평생
을 죽은 사람들 속에서만 살다가 죽겠다니.

"죽은 사람은 죽은 사람이에요, 할머니. 죽은 사람은 다시 오지 않아요."

"그래도 잊지는 말아야지."

"다른 일을 한다고 해서 죽은 사람들을 잊는 건 아니잖아요."

할머니는 손자의 그런 똑 부러지는 대답에 언뜻 놀란 것 같았다.

결코 버릇없이 굴려는 건 아니었다. 할머니 덕에 이제껏 집이며 먹을 거며 입을 거, 책까지도, 무엇 하나 부족함 없이 누릴 수가 있었다. 한데도 자기 뜻과는 상관없이, 그만 그런 말이 튀어나오고 말았다.

"할머니는 제 생각은 안 하세요?"

"그야 누구나 곁에 없는 사람들을 더 생각하기 마련이거든. 넌 늘 내 곁에 있잖니. 아침마다 학교에 갔다 돌아와서, 숙제를 하면서 이렇게 말이야. 넌 한 번도 내 속을 썩인 적이 없지."

어네스트는 쓸쓸한 마음으로 혼자 되뇌었다. '속을 썩인 적도 없지만, 할머니를 기쁘게 해 드린 적도 없잖아요.'

한시도 어네스트의 뇌리에서 떠나지 않던 질문이 하

나 있었다. 하지만 어네스트는 감히 물어 볼 엄두가 나지 않았다. 할머니도 이제 어지간히 정신을 차렸다. 바싹 경계 태세를 갖추고, 이번엔 아이가 또 무슨 새로운 수수께끼를 내려고 하나 마음을 졸이고 있었다. 어네스트는 세월이 할머니의 얼굴 위에 거미줄같이 얽어 놓은 주름살을 물끄러미 바라보았다. 그 주름살들이 자기의 수수께끼를 풀어 줄 것만 같았다.

"어네스트야, 난 수프나 좀더 먹을란다."

어떻게든 이 순간을 모면해 볼 요량으로 할머니가 애꿎은 수프를 청했다. 어네스트는 생각지도 못한 그런 할머니의 식욕에 그만 얼떨떨해져 자리에서 일어났다. 그러곤 다시 앉아, 팔꿈치를 테이블 위에 올려놓은 뒤, 손에 턱을 괴고 물었다.

"할머니, 울 아빠 죽었어요?"

5
제르멘 할머니

"네 애빈 죽지 않았어."

할머니의 그 말이 밤새도록 머릿속에서 왕왕 울려대는 바람에, 어네스트는 통 잠을 이룰 수가 없었다. 차마 못다한 나머지 질문들이 어네스트를 괴롭혔다. '그럼 아빠 어디 있어요? 왜 날 보러 안 오죠? 왜 편지 한 장 못 해요?' 그 물음들은 어네스트가 닦는 이빨에도, 빗질을 하는 머리에도, 어네스트를 비웃는 듯한 거울 속의 눈길에도 끈덕지게 들러붙어 쫓아다녔다.

어느 샌가 소리 없이 제르멘 할머니가 부엌에 들어와 엊저녁에 비운 접시 두 개를 닦고 있었다. 식탁엔 그릇

49

들이 놓여 있었다. 할머니는 앉아 있었다. 여느 때처럼 어네스트가 두 할머니들에게 아침 인사를 하려는 순간 초인종이, 여태껏 한 번도 정식으로 울린 적이 없는 초인종이 쩌렁쩌렁 울려대며, 죽은 사람들을 흔들어 깨우며, 두 할머니의 무표정한 얼굴에 이루 말할 수 없는 공포를 떨구어 놓았다.

"나가요!"

제르멘 할머니가 애써 의연하게 소리쳤다.

제르멘 할머니가 문을 열기가 무섭게 현관으로 튀어 들어온 빅투와르는, 본능적인 방향 감각을 발휘하여 곧장 부엌으로 돌진했다.

"안녕하세요! 전 어네스트의 친구, 빅투와르 드 몽타르당이에요."

제르멘 할머니는 미처 그 불도저를 멈추게 할 수완도, 가로막을 힘도 발휘할 새가 없었던지라, 어정쩡하게 그 불도저를 따라 들어올 수밖에 없었다.

빅투와르가 덜렁 크로와상과 브리오슈와 초콜릿 빵 한 봉지를 테이블에 내려놓았다.

"오늘 아침에 아빠가 빵 가게를 통째로 쓸어 오셨거든요. 너무 많지 뭐예요. 그래서 제가 몇 개 슬쩍 했어요. 어네스트네 집에 와서 먹고 같이 학교에 가려고요."

자신이 일으키고 있는 파장에 대해서는 담벼락만큼이나 무감각, 무신경한 채 빅투와르는 말을 계속 이었다.

"안녕히 주무셨어요? 좋은 꿈 꾸셨고요? 어네스트, 난 말이야, 네 꿈을 꿨다. 꿈 속에서, 글쎄 우리가 어른이 되어 서로 사랑하다가 결혼을 하게 되지 뭐니. 그 이상은 모르겠어. 제레미가 자다가 깨서 막 울고 보채는 바람에 다음 장면을 놓쳤거든. 내 생각엔 제레미도 네 꿈을 꾼 것 같아."

굳이 대꾸를 해 주거나 부추길 필요도 없이, 빅투와르는 꿋꿋이 혼자서 계속 떠들었다. 다만 중간에 숨을 돌리느라 어쩔 수 없이 말을 멈춰야 했던 잠시의 막간을 이용하여, 커다란 브리오슈를 집어 들었다가 이내 도로 봉투에 집어넣었을 뿐이다.

"좀 드세요!"

빅투와르가 봉지를 내밀며 권했다.

"자기 먼저 낼름 집어먹는 건 가정 교육이 덜 된 거래요. 엄마는 그러죠. 별 탈 없이 우리들을 그럭저럭 길러 낼 수만 있다면 더 이상 바랄 게 없다고. 하긴 우리들에게 일일이 가정 교육까지 시킨다는 건 욕심이 좀 지나친 거죠."

두 할머니는 너무도 놀란 나머지, 그만 그 자리에서 꽁꽁 얼어붙어 버린 것만 같았다. 하지만 어네스트는 가정 교육을 제대로 받았다는 걸 보이기 위해, 예의상 봉지에서 크로와상 하나를 집어 들었다. 그러곤 그게 무슨 외계에서 만들어지기라도 한 것인 양 유심히 뜯어본 뒤, 줄곧 어네스트의 올바른 영양 섭취를 호위해 온 두 감시자들을 외면한 채, 눈 딱 감고 그 노르스름하고 바삭바삭한 것을 용감하게 입 속에 밀어넣으며, '이제 난 죽었구나.' 하고 생각했다.

"어. 아직도 따끈따끈해요. 참 맛있어요."

어네스트가 여태껏 무슨 학술 용어인 줄로만 알았던 어휘들을 써가며 좌중에 선포했다.

"한번 좀 드셔 보세요, 할머니, 맛이 기막혀요."

"할미도 안다." 할머니가 퉁명스레 대꾸했다.

"제르멘 할머니도 한번 먹어 봐요."

제르멘 할머니는 유혹에 넘어가지 않으려 무던히 애는 썼지만, 끝내 그중 큼직한 초콜릿 빵 하나에 양심을 팔고는 소리도 요란하게 와삭 베어 물었다. 그러곤 미안한 마음도 들거니와, 직분이 직분인 만큼 안주인의 코밑에 브리오슈를 들이밀었다. "드셔 보세요, 한 번만."

"따뜻한 코코아 있어요?" 빅투와르가 물었다.

"우린 치커리 차밖엔 마시질 않아서." 제르멘 할머니가 고상하게 대답했다.

"그럼 할 수 없죠 뭐. 차가운 우유 한 잔 주세요."

"그건 소화에 안 좋을 텐데." 제르멘 할머니가 대꾸했다.

"하지만 쑥쑥 크게 해 주잖아요."

"어머, 학생은 빨리 컸으면 좋겠수?"

"예. 그래야 어네스트와 결혼을 할 거 아니에요!"

어네스트는 마음 속 깊은 곳에서 왠지 묘한 뿌듯함이 솟구쳤다. 하지만 그 못지않게 불편함도 커갔다. 할머니와 제르멘 할머니는 말은 없었지만, 눈빛들만은 반짝거렸다. 바야흐로 호기심이, 눈에 불을 켜게 만드는 바로 그 삶의 활기가, 드디어 그들이 살고 있던 묘지 대기소로 스며들고 있는 것 같았다. 문이 열린 것이다.

어네스트는 시계를 보고 기겁을 했다. "가야 해. 늦었어." 어네스트는 언제나 여유가 있었다. 이처럼 허둥대 본 적은 없었다.

"그러지 뭐! 자, 드디어 우리의 감방으로!" 빅투와르가 외쳤다.

"아참, 점심때 어네스트 기다리지 마세요. 저희 집에서 어네스트를 초대했거든요. 오늘은 엄마가 집에 계시는 날이라, 제가 그토록 목숨 걸고 찍었다는 남자애가 도대체 누군지 한번 만나보고 싶으시대요. 부르고뉴 퐁뒤(날고기를 끓는 기름에 튀겨 소스를 발라 먹는 요리/옮긴이주)를 먹을 거예요. 제가 정한 메뉴예요. 제가 무지무지 좋아하거든요! 또 오늘은 동생을 돌보지 않아도 되니까, 학교 끝나면 숙제는 여기 와서 할까 봐요. 그게 한결 느긋할 테니까요! 괜찮죠? 그럼 통과! 자, 가자!"

빅투와르는 할머니와 제르멘 할머니에게 돌진하여 움푹 패인 할머니들의 뺨에 거푸 네 번 똑같은 입맞춤을 해댔다. 그런 빅투와르의 열정적인 포옹에 이끌려, 어네스트도 엉겁결에 똑같이 했다. 태어나서 처음으로!

어네스트는 고르지 못한 발걸음으로 허둥대며 걸었다. 그렇다고 뛰는 것도 아니었다. 다만 빅투와르의 뒤를 열심히 좇아갈 뿐이었다. 이제 막 갓 돋아난 날갯죽지를 퍼득거리며.

어네스트는 반 여자 아이들에게서 별다른 적의를 느끼지 못했다. 여자 아이들의 터질 듯한 원성이 온통 빅투와르에게로만 향한 탓이다. 여자애들에게서 눈에 보일 듯 살기등등한 적의를 확연히 느낄 수 있었던 빅투와르는, 더 이상 그 이름만큼 '승리'가 아니었다. 빅투와르는 자기 책상 위에 놓인 익명의 편지들을 읽었다. "어네스트는 너보다 우리가 먼저 알았어! 앞으로 조심해!", "경고한다, 드 몽타르당 계집애야. 어네스트는 겁쟁이라고!", "날치기! 얌체! 어네스트는 우리 거야." 빅투와르는 인내심을 가지고, 받은 쪽지들마다 똑같은 설명을 적어 일일이 답장을 보냈다.

"난 어네스트를 사랑해. 그뿐이야. 그게 글쎄 그렇잖니. 이젠 누구도 어쩔 도리가 없단다. 게다가 난 그 앨 이해하고 그 애의 행복을 원해. 지금으로부터 십삼 년, 팔 개월, 삼 일 후 우리는 결혼할 거야. 너희들을 초대할게."

빅투와르와 반 여자 아이들 사이에 일대 설전이 벌어지고 있던 그 와중에도, 어네스트는 묵묵히 공부를 계속했다. 그것도 주어진 분량 이상으로, 온 마음을 다 바쳐 열심히. 자기도 빅투와르의 마음과 같다는 것을 발견한 이래로 어네스트의 태도가 그랬다. 잠자던 마음이 기지개를 켜기 시작한 것이다. 과묵하기만 했던 마음이 농담

을 하지 않나, 소리 하나 없던 마음이 온갖 신기한 소리
들을 전해 오질 않나, 질문을 받기만 하던 마음이 질문
을 하기도 했다. 이제 어네스트의 마음은 거의 눈에 보
일 듯 굵직한 동아줄로 짝꿍의 마음과 묶여진 것이다.
언제나 승리만을 구가하는 열혈여아, 게다가 너무 너무
잘 웃는 그의 단짝 승리와.

집 앞을 지나쳐 그대로 전진을 계속하라는 빅투와르
의 명에, 어네스트는 아무런 이의를 달지 않았다.

"너 부르고뉴 퐁뒤 좋아하니?"

"모르겠어. 한 번도 먹어 본 적이 없어서."

"그럼 칠리 콘 카르네(칠레 고추를 넣은 멕시코풍의 고
기 요리 / 옮긴이주)는?"

빅투와르는 자기가 물은 말에 자기가 대답하며 이죽
거렸다.

"모르겠어. 먹어 본 적이 없어서! 걱정 마, 어네스트.
이제부터 내가 네 요리 교육 전반을 책임질 테니까. 하
지만 너도 날 좀 도와 줘. 네가 초콜릿을 좋아하려는 마
음만 먹으면 된다니까. 난 2000년까지 초콜릿 은박지 이
천 장을 모을 계획이거든."

어네스트는 생각대로라면, 똑같이 이죽거리며 맞대꾸

질을 하고 싶었다. '거, 참으로 인도주의적인 위대한 야심이로구나.' 사랑한다고 해서 언제나 의견이 같으라는 법은 없으니까 말이다.

제레미는 어네스트에게 쉴새없이 까르륵 웃음을 쏟아냈다. 빅투와르의 엄마도 마찬가지였다. "이 분이 우리 엄마야." 사실 빅투와르는 '장차 네 장모님 되실 분'이라고 말하고 싶었지만, 이번만큼은 그나마 한 가닥 수줍음에 그러고픈 마음을 애써 눌렀다.

어네스트가 정중하게 인사를 했다.

"안녕하세요, 몽타르당 아주머니. 점심 식사에 초대해 주셔서 감사합니다."

어네스트는 이런 깍듯한 예의범절을 어디서 다 배웠을까?

"그냥 카트린이라고 불러도 돼. 내 꼴이 이래서 미안하구나. 몇 주 전부터 계속 이삿짐들을 푸느라 파김치가 되었거든. 하지만 너무 신경쓰진 마. 이게 내 원래 모습이기도 하니까."

어네스트는 카트린 아줌마를 유심히 관찰했다. 이 분이 바로 십이 년 동안을 배가 불러 살았으며, 열네 번의 산고를 치러 낸 그 분이로구나. 세상에, 자기 엄마는 겨우 하나를 낳고도 살아남질 못했는데, 이 아줌마는 세계에 남을 진기록을 세우고도 어쩌면 이다지도 멀쩡해 보일 수가 있단 말인가. 카트린 아줌마는 젊지도 늙지도 않은, 마흔다섯 살이라고 빅투와르가 그랬다. 게다가 무슨 관공서라던가, '아니면 그 비슷한 어떤 데'서 일을 한단다. 빅투와르의 아빠도 그렇고. 두 분은 같은 정치학과 학생일 때 서로 알게 되었다고 한다. 어네스트는, 그렇다면 한 번도 보지 못한 자기의 엄마 아빠는 어디서 서로 만나게 되어 어떤 식으로 사랑이 맺어져 자기가 태어나게 된 것인지가 새삼 궁금했다. 주변의 인물들이 다양해져 갈수록, 그 때마다 자극을 받아, 어네스트의 마음 속에는 점점 더 많은 질문들이 솟구쳐 올랐다. 빅투와르는 자기 엄마를 그대로 빼박았다. 빨간 머리띠로 쓸어 넘긴 검은 머리카락이며, 타오르는 듯한 눈빛, 생기발랄한 얼굴에 볼록한 뺨까지도.

아기를 뺀 남자 형제들 모두가 빠져 나가고, 집은 텅비어 있었다. 한 아주머니가 펄펄 끓는 기름 냄비를 거대한 식탁 한가운데에 갖다 놓아 주고 답례로 "고마워요, 자네트."라는 인사를 받아갔다.

"퐁뒤가 어떨 것 같아?" 하고 빅투와르는 어네스트에

게 묻더니만, 퐁뒤에 대해서 열변을 토해 가며 정답도 일러주었다. 하지만 어네스트는 제르멘 할머니가 보았다면 질색을 했겠다는 생각이 먼저 떠올랐다. 제르멘 할머니가 그토록 싫어하는 지글거리는 뜨거운 기름에다가 (기름, 제1의 적), 고기 조각을 적셔 먹을 소스 여섯 가지하며(소스, 제2의 적), 게다가 산더미 같은 붉은 고기까지(붉은 고기, 제3의 적) 두루 다 갖추었으니 말이다. 어네스트는 외교적 수완을 발휘하여 둘러서 대답했다. "퐁뒤를 먹으려면 부지런히 운동을 해야겠구나. 참 스포티한 음식이다. 한데 그 많은 식구들이 다 모였을 땐, 이걸 어떻게 먹지?"

"다 모이게 되는 경우는 여간해선 드물단다. 하지만 입이 더 많아지면, 냄비를 몇 개 더 놓으면 돼." 카트린 아줌마가 말했다.

"아, 예, 맛있어요. 재미있군요." 하고 얼버무리던 어네스트는, 드디어 고기 조각들이 눈앞에서 사라지자 진심으로 말했다. "감사합니다."

빅투와르는 제레미에게 먹일 바나나를 하나 으깨서 어네스트에게 내밀었다.

"내 특별히 네게 제레미에게 떠먹일 수 있는 특전을

부여하노니…… 대신 너, 내가 만든 초콜릿 트뤼프(초콜 릿 반죽으로 만든 당과 / 옮긴이주)를 먹어 줘야 해."

초콜릿을 먹으면서 어네스트는 아까 하던 암산을 계 속했다. "설탕, 제4의 적."

집을 나서기 전에, 카트린 아줌마가 손님을 따뜻하게 안으면서 말했다.

"언제든지 맘 내킬 때 와서 먹으렴."

"여기 식구들 먹이시는 일만도 큰 일일 텐데요, 뭘."

"16인분에서 17인분 늘리는 건 일도 아니란다!"

"감사하지만, 할머니 혼자 드시게 할 수 없어서요."

"모시고 오렴, 좀 정신이야 없으시겠지만. 사람이 많 으면 많을수록, 더욱 유쾌해진다는 옛말도 있잖니."

어네스트는 미소를 지었다. 이젠 웃는 게 아무렇지도 않은 일이 된 것이다. 빅투와르가 엄마에게 저녁에 좀 늦을 거라고 통고했다. 제레미가 울부짖었다.

수업을 마치고 오자, 놀랍게도 식탁 위에 사과 두 개 가 놓여 있었다. 어네스트가 빅투와르에게 앉기를 청했 다. 식탁에 앉은 빅투와르는 제 몫의 사과를 순식간에 먹어치웠다.

"어쩜 이렇게 맛있을 수가. 굉장한 사과야! 초콜릿이랑 같이 먹었어야 하는 건데!"

"숙제도 여기 이 식탁에 앉아서 해야 할 것 같아."

"하나부터 열까지 일일이 설명을 해 줘야 할걸. 난 아는 게 하나도 없으니까."

어네스트는 빅투와르 문하생에게 수학 문제, 문법 연습 문제, 어휘 하나하나를 찬찬히 설명해 주면서, 자기가 알고 있던 것을 전수하는 뿌듯함을 맛보았다.

"난 성적이 형편없어." 빅투와르가 털어놓았다.

"곧 따라잡을 수 있을 거야. 넌 이해가 빠른 편이잖아."

"그랬으면 오죽이나 좋겠니. 우리 오빠들은 뭐든 내게 차근차근 설명해 주는 법이 없다니까. 그러면서 글쎄, 나보고 멍청이란다! 피. 그러거나 말거나! 아예 말을 말아야지. 숙제도 다 했겠다, 우리 이제 텔레비전이나 보러 가자."

"우리 집엔 텔레비전이 없어."

어네스트는 편지가 들어 있는 찻장을 힐끗 쳐다보았다. 빅투와르에게 그 편지를 보여 주고 싶었지만, 그 순간 할머니가 저녁 인사를 하러 들어왔다.

6
알퐁스 할아버지

　일요일 아침, 어네스트의 할머니는 늘 습관처럼 정해져 있던 '아침 식사 회합'에 나오지 않았다. '불과 며칠 사이에 벌써 두 번째야.' 하고 어네스트는 생각했다. 할머니랑 사는 게 재미있다고는 할 수 없었지만, 어쨌든 어네스트는 할머니 없는 삶을 상상할 수가 없었다. 아침 저녁으로 할머니를 보아야만 뭔가 확실히 안심이 되었다. 어네스트가 할머니께 성적표를 갖다 주면, 할머니는 어네스트의 머리에 손을 얹곤 했다. 마치 무슨 개라도 한 마리 쓰다듬는다는 투로 말이다. 훌륭한 성적표, 어네스트가 바깥 세상에서 할머니께 갖다 드릴 수 있는 것이라곤 그게 전부였다. 그런데 이제 빅투와르가 있었다! 그리고 브리오슈도! 갑자기 어네스트는 겁이 났다. 침대에서 숨이 멎어 있는 할머니를 발견하게 될까 봐.

어네스트는 할머니 방문을 두드렸다. 꺼져 들어가는 할머니의 "오냐, 들어와라." 하는 소리를 들으니 마음이 다 훨훨 날아갈 것만 같았다. 할머니는 무릎 위에 또 그 편지 더미를 한 아름 쌓아 놓은 채 누워 있었다. 어네스트가 방에 들어가자, 할머니는 그것들을 얼른 베개 밑에 감추려고 했지만 늘 그렇듯이 할머니에게 '얼른'이란 있을 수가 없었다.

어네스트는 침대 곁으로 다가갔다. 마치 상사 앞으로 나가는 일개 졸병만큼이나 빳빳이 굳어 있었으나, 아직도 좀 전의 두려움이 채 가시질 않은 탓에, 자못 비장한 어조로 입을 떼었다.

"할머니, 할머니랑 저랑 산 지가 벌써 십일 년이에요. 제 인생 통털어 십일 년을 말이에요. 그런데도 전 할머니에 대해서도, 우리 가족들이며 엄마 아빠에 관해서도 아무것도 모르고 있어요. 아는 거라곤 벽에 걸린 생판 모르는 저 낯선 사람들 초상화들뿐이에요. 저기 저, 저 사람만 해도 그래요."

어네스트는 손가락으로 커다란 사진 속의 남자를 가리켰다. 사려 깊고 근엄해 보이는 사진 속의 그 남자는, 서른에서 마흔 살 가량의 나이로, 잘생긴 얼굴에 약간 거만한 느낌을 주었다. 영원히 포즈만 잡고 있는 인물 누구나가 다 그렇듯이.

그 단 한 번의 질문이 대번에 할머니의 말문을 트이게 하는 열쇠라도 되었는지, 뜻밖에도 할머니는 간단하게 대답했다.

"저이가 네 할아버지이자, 내 남편인 알퐁스란다. 우리가 같이 산 날이 다 해 봐야 고작 팔 년이란다. 할아버지는 1940년 전쟁터에서 죽었어. 그러고 나서 네 아빠가 태어났지. 네 아빠는 제 아버지 얼굴 한 번 본 적이 없어."

"저처럼요."

"그래, 너처럼."

하지만 어네스트는 자기보다는 할머니에 대한 생각이 앞섰다.

"평생을 너무 힘들게 살아오셨군요, 할머니."

"상처가 깊을수록, 할 말은 적어진단다."

"그래도 할머니, 제게 알퐁스 할아버지 이야기는 해

주실 수 있죠?"

어네스트는 먼저 '알퐁스 할아버지'에서부터 이야기를 꺼냈다. 천천히 가스파르에게로 넘어가기 위해. 아버지 가스파르에게로.

"할아버지에 대해선 다른 건 다 희미해지고, 이제 남은 건 가장 좋았던 기억들뿐이야. 하긴 할아버지는 미처 날 실망시킬 새도 없었으니까."

할머니는 한참이나 걸려 그 동안 잃었던 말들을 헤집어 냈다.

"키가 훤칠하니 풍채 당당한 귀골이셨던 데다 박식하고, 명민하고, 위엄이 넘치셨어. 그리고 아주 잘생기셨었지…… 너처럼!"

그러곤 할머니는 들리지 않는 소리로 말끝을 삼켰다. "네 애비처럼."

"잘생겼다는 건 단지 겉모습일 뿐이지, 중요한 건 아니잖아요. 그보다는 할아버지가 어떤 분이셨는지 말씀해 주세요."

"할아버지는 오로지 진실만을 찾는 아주 준엄한 분이셨어. 뭐든 언제나 철두철미하게 속속들이 알려고 하셨단다. 거짓말이라곤 입에 담는 법이 없으셨어. 늘 생각이 깊으셨지."

"그럼 할머니가 침대에서 읽으시는 바로 그 편지들이?"

"할미는 그 편지들을 하나하나 다 외우고 있단다. 어네스트. 그건 알퐁스가 여기, 이 집에서 내게 써 보낸 연애편지들이거든. 무척이나 쑥스러웠던지 차마 말로 못 하고 편지를 썼던 게야."

"할아버지가 돌아가신 지도 벌써 오십 년이 넘었군요. 할머닌 아직도 할아버지 생각을 하세요?"

"하지. 너무도 간절히. 날마다. 순간순간마다……. 그래도 할아버지에게 가 닿을 수는 없더구나. 또 할아버지가 내게 다가올 수도 없고."

"그럼 아빠는요?" 하고 어네스트는 묻다가 이내 직감적으로, 자기가 넘어서는 안 될 선을 넘어 버렸다는 것을 깨달았다. 죽은 사람에 대해서는 이야기해도 되지만 산 사람은 안 된다는 무슨 법칙이라도 있는 건지. 할머니는 다시 귀머거리가 되었다.

"제가 아침 식사를 갖다 드릴까요?"

"아니, 그럴 필요 없다. 이제 나도 일어나야지. 넌 가서 우유나 좀 데우련?"

두 사람은 한 번도 그처럼 많은 이야기를 나눠 본 적이 없었다. 아마도 할머니는 속담을 꽤나 철석같이 믿는 편인가 보다. '자고로 입이랑 문은 언제나 단속을 잘 해야 하느니······.' 어네스트는 이것저것 질문을 하다가, 드디어 문을 딸 열쇠를 하나 찾아 냈다는 생각이 들었다. 이제는 문을 반쯤은 열어 놓아도 좋으리라. 할머니에게나 자기에게나. 무엇보다 할머니가 조금은 젊어지고, 조금은 덜 바스라질 듯 보이니 말이다.

어네스트는 부엌 창문 너머로 파란 하늘 한 귀퉁이를 바라보다가, 문득 터무니없는 바람이 일었다.

"할머니, 우린 가진 돈이 얼마 없어요?"

"그런 건 왜 묻니?"

"우리가 무척 검소하게 사는 것 같아서요."

"살 만큼은 있어, 어네스트. 하지만 앞으로도 살아갈 날이······."

"할머니, 날씨가 너무 좋은걸요. 우리도 근사하게 차리고 밖에 한 번 나가 봐요. 그 멋진 공원도 좀 가 보고 저기 저 길 모퉁이에 있는 레스토랑도 한 번 가 봐요."

어네스트의 말에 대책이 안 선다는 듯, 할머니가 한숨을 쉬었다.

"애야, 어네스트. 할미는 그럴 기력이 없구나. 할미는 늙었고, 게다가 지쳤어. 또 너도 숙제를 해야 하잖니."

"할머니, 숙제는 어저께 다 했는걸요."

불같이 일었던 희망은 그렇게 해서 맥없이 사그라들고 말았지만, 그래도 어네스트는 한 번 더 막무가내로 우겨 보았다.

"제발 할머니, 이렇게 우중충한 아파트 속에서만 갇혀 지낸다는 건 뭔가 잘못돼도 한참 잘못된 거라고요."

어네스트는 빅투와르가 곧잘 하던 말투를 흉내냈다.

"뭐든 먹고 봐야, 살맛도 나고 기운도 솟는 법이래요."

"제르멘이 우리 먹으라고 남겨 놓은 게 있잖니. 그걸 버릴 수야 없지. 게다가 할미는 힘도 부치고……."

"할머니, 먼저 살아 봐야지요…… 죽을 때 죽더라도."

프레시외즈 할머니는 더 이상 아무런 말이 없었다. 조용히 아침을 먹고는 부엌을 나갔다.

어네스트는 그만 풀이 죽어, 옷을 갈아입고는 책을 한 권 들고 낡은 소파에 몸을 기댔다. 늘 그래 왔듯이.

하지만 늘 하던 그 일에 따끔거리는 아픔이 찾아들었다. 머릿속이 온통 안개처럼 뿌연 슬픔에 잠겨 들어 책 속의 글귀를 따라가기가 힘들었다.

할머니가 거실로 나왔다. 검은 외투를 입고, 검은 모자를 쓰고, 손에는 마귀할멈이 들 법한 핸드백을 들고서. 할머니가 말했다.

"넌 한 번도 내게 무얼 졸라 본 적이 없어. 그러니 할미가 들어 주어야지. 이번 한 번만큼은."

어네스트는 날아갈 것만 같은 마음으로 책을 덮고는, 외투를 걸치고 할머니의 팔짱을 끼었다. 둘은 묘한 한 쌍을 이루었다. 마치 조금 전 어네스트가 덮은, 바로 그 아득한 옛날이야기 책에서 방금 튀어나온 듯한……

다음날 월요일은 어느 샌가 일요일의 화창함일랑은 까맣게 잊어버렸는지, 하늘이 뿌연 잿빛이었다. 담임 선생님이 엊저녁에 술을 너무 많이 마신 모양이었다. 신경이 이만저만 날카로운 게 아니었다. 심지어 어네스트를 대할 때조차 말씀이 카랑카랑 했을 정도이니 말이다. 평소처럼 일장 훈화와 닦달로 한 주일을 시작하는 대신에, 선생님은 소매참에서 특유의 재주부리기 시리즈 하나를 꺼냈다. 게으른 교사들이 혹 게으름이 극에 달할 만일의 사태를 대비하여 아껴 두곤 하는 비장의 술책인 바로 그 '시험지 돌리기'를 말이다. 그러고는 아예 말하기도 귀찮다는 듯 칠판에다 '일요일'이라고 적고는, 나머지 '에 대해 쓰시오!'는 무언극으로 대신했다. 하긴, 학교 선생님이라고 해서 허구헌날 고생만 할 수는 없을 것이다.

어네스트는 반색을 하며 기뻐했다. 처음으로 자신에게도 뭔가 쓸 거리가 있었기 때문이다. 전처럼 있지도 않은 엉뚱한 이야기 하나를 새로 지어 내느라 골머리를 썩일 필요가 없는 것이다. 어네스트는 빅투와르에게 미소를 짓고는, 힘을 주어 볼펜을 시험지의 첫 줄 맨 왼쪽에 놓은 다음, 볼펜을 시험지의 위에서부터 아래로 단숨에 내몰았다. 마치 무슨 포뮬라 1 자동차 경주에라도 나간 것 같았다. 단연코 우승자는 어네스트였다. 왜냐하면, 어네스트가 최종 종착지에 마침표를 찍고 돌아 나와 자신의 볼펜을 주차시킨 뒤 주위를 둘러보니, 다른 선수들, 아니 아이들은 아직도 언덕배기를 오르느라 기를 쓰고 있었기 때문이다. 선생님은 책상에 앉아, 행여 머리가 땅에 떨어지기라도 할세라, 양 손으로 머리를 싸안고 있었다. 빅투와르도 뭔가를 열심히 쓰고 있었다. 빅투와르 또한 운이 좋은 편이었다. 자기 오빠들의 이름만으로도 시험지 한 장을 넉넉히 채울 수 있었으니 말이다. 담임 선생님은 다 쓴 시험지를 걷을 때는, 기분이 좀 나아진 듯 보였다. 늘 그랬듯이, 선생님은 어네스트의 시험지를 맨 위에 올려놓았다. 어네스트의 글을 제일 먼저 읽기 위해서다. 그래야 그나마 다른 아이들 글을 읽어볼 엄두가 날 테니까. 선생님이 소리 내어 읽었다.

쿠스쿠스를 먹은 일요일

나는 태어나서 지금껏 단 한 번도 레스토랑이라는 데를 가 본 적이 없었다. 나는 일요일에 외출이라는 걸 해 본 적이 없었다. 나는 한 번도 쿠스쿠스란 걸 먹어 본 적이 없었다. 우리 할머니는, 내가 할머니와 살게 된 이래 결코 단 한 번도, 아파트를 떠나 보신 적이 없었다.

'한 번도'란 단어를 단 하나만이라도 지울 수 있게 된 날은 대단한 날이다. 그 '한 번도'를 적어도 세 개 이상 지우고, 대신 그 자리에 '처음으로'란 말을 쓸 수 있게 된다면 그 날은 세 곱절로 대단한 날이다.

어제 난 할머니와 함께 외출을 하여, 우리 동네 길 모퉁이에 있는 레스토랑에 가서 쿠스쿠스란 걸 먹었다.

쿠스쿠스란 북아프리카 특유의 음식으로, 거칠게 빻은 밀가루로 만든다. 레스토랑의 주인 아저씨는 격식을 차리느라 번거롭게도 네 번에 걸쳐 음식을 날라왔다.

각각의 내용은 이렇다.

1) 쿠스쿠스

2) 수프와 야채

3) 고기

4) 매운 소스

먹는 방법은 다음과 같다.

: 각자의 우묵한 앞접시에다 쿠스쿠스 가루로 작은 언덕을 만든다. 그 위에다 당근, 순무, 파 등 야채들로 보기 좋게 전경을 꾸민다. 각자 취향에 따라 이집트 콩들을 작은 돌멩이 삼아 그 위에 얹어 운치를 더할 수도 있다. 야채 대신 고기를 사용할 수도 있으며, 그 모두를 수프와 버무릴 수도 있다. 용기가 있다면 붉은 고추 소스인 아릿사를 첨가해도 무방하다. 그럴 경우, 태양이 상주하는 지방의 뜨거운 열기로 인해 혹 입 안에 불이 나는 수가 있다.

할머니는 겁이 나시는지 처음엔 좀 주저하셨지만, 이내 보조를 맞추셨다. 먹을 때마다 맛이 새로와 한 입 한 입이 그대로 놀라움일 뿐이었다. 뿐만 아니라 거기엔 먼 이국의 향기를 느끼게 해 주는 정취와, 겨울인데도 화끈거리는 열기로 온몸이 달아오르는 듯한 즐거움이 있었다. 즐거움은 곧 기운과 용기를 북돋워 주었다. 당장 할머니에게서 그 효험이 나타났다. 평소엔 좀처럼 말이 없으셨던 할머니가 말을 하기 시작하신 것이다. 할머니는 전쟁과 죽은 사람들에 대해서, 아픔과 상실에 대해서 이야기하셨다. 하지만 어쨌거나, 죽은 사람들을 날마다 조금씩 더 죽어가게 내버려두느니 살아 숨쉬도록 하는 게 백 번 낫다. 우리가 죽은 사람들을 기리며 하는 한 마디 한 마디가 죽은 사람들을 살아 있게 한다. 결코 눈물방울이 그들을 살려 내는 건 아닐 것이다.

그건 우리들도 마찬가지다. 우리는 사실 살아 있는 사람들이지만 서툴게 살아가는 사람들이다. 쿠스쿠스, 그건 참 멍청해 보인다. 하지만 쿠스쿠스는 어렴풋이나마 내게, 사람은 언제든지 살아가는 법을 배울 수가 있다는 것을 가르쳐 주었다. 단, 거기엔 훌륭한 스승과 강한 의지가 필요할 것이다. 참으로 나는 그런 굳센 의지를 가지고 싶다. 그리고 쓰는 법이며 읽는 법들뿐만 아니라, 살아가는 법도 배우고 싶다. 죽은 다음엔 너무 늦을 테니까.

할머니는 음식값을 내시면서 여간 마음 아파하시지 않았다. 음식값이 꽤나 비싸다는 것을 아시고는, 그 한 푼 한 푼이 마치 할머니의 살갗이며 오장육부의 일부인 것처럼 낭패스런 얼굴이 되셨다. 할머니는 반달 모양의 작은 돋보기안경 너머로 계산서를 거푸 다섯 번이나 읽고 또 읽으셨다. 다시 한 번 확인해 보라고 내게 부탁까지 하셨다.

집으로 돌아오는 길에, 우리는 공원에 들렀다. 할머니는 아예 태어나기도 전, 아득한 전생에서부터 그 공원을 알고 계셨나 보다. 하긴, 줄곧 거기서 터를 박고 살아오셨던 할머니가 그 공원을 모르셨을 리가 없다. 제 물건을 찾아가는 주인처럼, 할머니는 머뭇거리지 않고 곧장 어느 한 의자로 가셨다. 늘 그랬듯이, 우리는 말없이 앉아 있었다. 하지만 둘이서 같이 했던 식사, 밋밋하기 짝이 없던 생활 속에서 단연 돋보이는 그 순간을 두고두고 간직하리란 말이 달콤한 약속처럼 우리의 주위를 감돌았다. 오다가 길 건너편에 있는 중국 레스토랑을 지나치면

74

서, 나는 할머니에게 말했다.

"다음 일요일엔 저기 가요."

할머니가 대답하셨다.

"뭐든지 때가 있는 법이야."

교실 안이 쥐죽은듯 조용했다. 어네스트는 제 속을 다 드러내 보인 것이 부끄럽기만 했다. 빅투와르가 무릎 위에 놓여 있던 어네스트의 손을 잡았다. 잡은 그 손을 들어 가만히 제 뺨 위에 갖다 대었다.

그제야 어네스트는 생각이 났다. 어제 처음으로, 할머니와 자기가 보물함 속에서 편지를 꺼내지 않았다는 사실이.

7

단

다음 일요일에 대한 기대는 바람 빠진 풍선 꼴이 되고 말았다. 그도 그럴 것이, 그 날은 온갖 잿빛의 기미들이 을씨년스런 그림 한 장을 그려내기로 아예 처음부터 작당을 한 하루였으니 말이다. 지난번 일요일의 햇빛과 활기는 상자 속의 편지처럼 기억 속에 파묻혔다. 할머니는 우중충한 하늘만큼이나 회색이었고, 그래서 더욱더 어네스트는 깨어난 꿈들 속으로 다시 파고들고픈 욕망을 억누르기가 힘이 들었다.

그럼에도 하루는 흘러갔다. 어네스트가 태어나기도 한참 전에 씌어진 한물간 옛날이야기 책이나 뒤적거리면서 일 분 일 분 그렇게. 할머니와 어네스트는 묵묵히 점심을 먹었다. 뭐, 굳이 따로 설명이 필요 없는 그렇고 그런 점심이었다. 첩첩이 벽으로 가려진 삶이건만, 그 벽들을 뒤흔들 만한 아무런 일도 일어나지 않았다. 그야 말로 사는 게 사는 것 같지 않은 삶이었다. 말들은 지느 러미가 없어서 캄캄한 바다 밑바닥, 잃어버린 생각들 속 에서 허우적댔다.

외출을 하고 바람을 쐰 건 편지였지만, 여전히 그 내 용은 알 길이 없었다. 두 사람은 편지가 무얼 얘기해 주 길 바랐던 걸까? 어네스트는 편지마저 흥미가 없어졌다. 도대체 그 편지로 무엇이 얼마만큼이나 달라질까? 수천 개의 장막으로 둘러쳐진 이 집에 수수께끼 하나를 더 보 탤 따름이었다. 어네스트는 아빠를 향한 실마리들을 한 오라기 한 오라기 주워 모으는 일마저 심드렁해졌다.

참으로 다행스러운 일은 월요일이 꼬박꼬박 찾아온다 는 것이다. 한 번도 어기는 법 없이, 믿음직스럽고 든든 하게, 게다가 학교라는 구원군까지 대동하고서 말이다. 덕분에 어네스트는 그나마 조금이라도 활기를 찾을 수 있는 것이다. 어네스트는 어떤 무리에 끼어 본 적도, 반 남자 아이들과 같이 어울려 놀아 본 적도 없었다. 단지 여자 아이들이 벌이는 연애 장난들의 애꿎은 표적이 될 뿐이었다. 아이들은 어네스트에게는 질문조차도 하지 않았다. 심지어 반에서 힘깨나 쓴다는 패거리들조차도 존경 반, 두려움 반으로 어네스트를 멀리했다. 하지만 빅투와르가 오고부터는, 그래도 어네스트가 조금은 다가갈 수 있는 상대로 여겨졌던지, 아이들이 어네스트에게 말을 걸어오기 시작했다.

겨울로 접어들던 바로 그 월요일, 수업을 마치고 나오니까 학교 앞에서 단과 시므온이 가족용 미니버스를 탄 채 빅투와르를 기다리고 있었다.

"오늘은 우리가 죽어나는 날이야. 시장을 봐야 하거든. 너도 우릴 좀 도와 주라, 어네스트. 우린 베르시로 갈 거야."

"그야 기꺼이 도와야죠, 하지만 할머니께 먼저 말씀 드려야 해요."

"너희 집 앞에 들렀다 갈 테니 잽싸게 말씀드리고 나와."

어네스트는 여태껏 한 번도 자동차를 타 본 적이 없었던 터라, 자동차를 타고 가는 일이 무슨 최첨단 놀이기구를 탄 것만 했다. 더더구나 자그마한 구멍가게 한 번 들어가 본 적이 없었던 어네스트에게, 그 대형 할인 매장은 무슨 외계의 혹성쯤으로 보였다. 단이 어네스트에게 수퍼마켓 카트를 빌릴 십 프랑을 쥐어 주었다. 어네스트는 빅투와르와 단과 시므온이 하는 양을 주의 깊게 관찰했다. 빅투와르가 설명했다.

"우리 집은 보통 카트가 네 대 필요해. 그건 우리 집의 장볼 게 네 집 분량과 맞먹는다는 뜻이야, 알아들었니?"

"자, 이게 네가 맡은 목록이다."

단이 어네스트에게 사야 할 물품의 이름들이 빼곡 적혀 있는 쪽지 한 장을 건네 주었다.

"사십오 분 후에 계산대 앞에서 만나자."

어네스트는 벌써부터 머리가 어지러워지기 시작했다. 그러면서도 한 편으론 여기서 몇 시간이고 하염없이 오가며 물건들, 상자들, 포장들, 봉지들, 물건 가격을 표시한 숫자들을 연구하고 싶은 마음이 굴뚝같았다. 전에도 반 아이들과 함께 박물관에 가 본 적이 있었지만, 거기보다는 이 박물관이 훨씬 흥미진진해 보였다. 볼거리가 너무나 많았지만, 서둘러야만 했다. 반 탈지분유 여섯 묶음씩 세 상자, 달걀 열두 개씩 여섯 판, 기저귀 두 다발…… 매사에 늘 그랬듯이, 어네스트는 근면하고도 성실하게 주어진 일에 매달렸다. 하이퍼마켓이라는 이 낯선 땅에서도 어네스트의 탁월한 능력은 유감없이 발휘되어, 마감 시간이 되기 전에 자기가 맡았던 목록의 맨 밑바닥까지 그럭저럭 마칠 수가 있었다. 어네스트는 익히 낯익은 제 고장에 발을 들여 놓듯이, 책이 진열되어 있는 통로로 나아갔다. 카트에 기대어, 진열대 위에 걸려 있는 색색의 책 표지들을 읽어 내려갔다. 공중에 붕 떠 책에서 책으로 날아다니던 어네스트의 시선은, 급기야 다른 카트와 부딪치는 충돌 사고를 내고서야 비로소 다시 지상으로 되돌아올 수 있었다. 다행히도 사고 차량은, 미어터지도록 실린 온갖 잡다한 물건들이 와르르 쏟아져 내리고 있는 단의 카트였다. 단은 시리얼 상자, 옥수수 깡통, 속옷 나부랭이 들을 주어 담으며 건성으로 한 마디를 건넸다. "기한 내에 출두 바람."

어네스트는 카트를 밀며 통로 한가운데 놓인 진열판으로 나갔다. 거기엔 '베스트 셀러' 책들이 잔뜩 쌓여 있었다. 갑자기 그 가운데 한 권이 어네스트의 눈에 들어왔다. 어네스트는 그 책의 제목이 아니라 작가의 이름에서 눈을 뗄 수가 없었다. 그 이름을 뚫어져라 쳐다보는 어네스트의 두 눈으로 아닌게아니라 표지가 뚫어질 판이었다. 어네스트는 그 자리에 그대로 붙박힌 채 한참을 노려보고만 있다가, 가까스로 책을 집어 들 생각이 났다. 그러니까 어네스트는 결국 전혀 생각지도 못한 이런 엉뚱한 장소에서 이런 기막힌 만남을 하려고, 그토록 아무한테도, 아무것도 물어 보지 않은 채 지금까지 살아 왔나 보다. 그저 일어나고, 오가고, 앉고, 먹고, 걷고, 쓰고, 자면서 말이다.

어네스트는 책을 뒤집었다 제꼈다 하다, 표지 맨 뒷장을 읽는 둥 마는 둥하다, 처음부터 끝까지 한 장 한 장을 넘겨보다가, 거꾸로 끝에서 앞으로 다시 넘겼다. 책을 제 이마에 비벼도 보고 제 가슴에 대어도 보았다. 어네스트는 그게 한갓 종이 뭉치일 뿐이라는 것을 전혀 깨닫지 못하는 것 같았다. 자기 수중에 그 책을 살 만한 돈이 한 푼도 없다는 생각은 더더욱 못 하는 듯했다. 사지 못해도 그만이었다. 어쨌든 그 책은 자기 거였으므로.

어네스트는 마음껏 책을 바라보려고 슬그머니 바닥에 주저앉았다. 그제서야 어네스트가 빅투와르의 눈에 띌 수 있었다. 숨이 넘어가고 머리가 돌아버리기 일보 직전이 된 빅투와르가 고함을 질렀다.

"장장 십 분이나 모두 널 기다리고 있었단 말이야. 너, 몽타르당네 식구들 오늘 저녁밥을 아예 단체로 굶길 참이야, 뭐야?"

어네스트는 고개를 들었으나, 단지 그뿐이었다. 어네스트는 지금 자기가 어디 있으며 빅투와르가 자기에게 무얼 어쩌자는 건지도 모를 지경이었다. 카트는 주인을 잃은 채, 바쁜 구매객들의 발길에 이리저리 치이고 있었다. 빅투와르가 어네스트에게 두 팔을 내밀었다.

"붙잡아!"

마치 아기를 일으키려고 얼러대는 듯한 말투였다. 비몽사몽에서 화들짝 깨어난 어네스트는 빅투와르의 눈 밑에 책을 들이밀었다. 빅투와르는 당연히 눈길이 가 닿는 책 제목을 소리 내어 읽었다. "『1차 세계대전-선대(先代)의 교훈』." 작가가 누구건 빅투와르에게는 관심 밖의 일이었다.

"또 그 놈의 전쟁 타령, 어네스트, 인생에는 전쟁말고도 다른 게 얼마든지 있다고! 가자니까! 오빠들이 악악대고 있겠다!"

어네스트는 책을 움켜잡고는 문구류 코너까지 가 있

던 카트를 붙잡아, 빅투와르와 함께 26번 계산대를 향하여 마치 롤러스케이트라도 탄 양 전속력으로 내달렸다.

시므온은 카트에서 계산대로 물건들을 올려놓고 있는 중이었고, 단은 계산대에서 카트로 내려놓는 중이었다. 거기에 빅투와르가 어네스트 카트의 물건들을 보탰다. 삼인조에 어네스트까지 새치기로 끼워 넣자, 뒤에 있던 손님들이 짜증을 내기 시작했다. 빅투와르가 간단하게 둘러댔다.

"얘가 시장이란 걸 처음 봐 보거든요."

그러곤 송구한 마음에서 한 마디 더 덧붙였다. "공부는 무지무지 잘 하는 앤데, 장보기는 영 꽝이네요."

단이 네 카트에 실린 물건들의 가격을 모두 더한 그 천문학적인 액수를 치렀다.

"댁에서 음식점 하시나 봐요?" 계산대의 아가씨가 단에게 물었다.

"아니요, 정 그렇게 궁금하시다면……. 제가 13남 1녀의 맏이인데, 글쎄 무슨 조화 속인지, 이 인구들이 하나같이 다들 하루에 적어도 세 번씩은 부득부득 먹으려든단 말이에요."

"어머, 농담도 잘하셔!" 아가씨가 단에게 말했다.

"아이고, 농담이라니요. 우리 부모님들이 너무나 잘생기고, 영특하고, 어디 하나 흠잡을 데 없는 저를 보시고는 그러셨대요. '아무래도 요런 녀석으로 열셋 정도는 더 만들어 봐야겠는걸.' 불행하게도, 나머지들은 어딘가 조금씩은 모자라는 실패작들이었지요."

그러고는 손가락으로 빅투와르와 시므온을 가리켰다. 화장으로 덕지덕지 과대포장을 한 다갈색 머리의 그 귀여운 계산대 아가씨는 단의 달변에 그만 푹 빠져 버리고 말았다.

단은 나무랄 데 없이 잘생겼다기보다는, 다소 작고 땅딸막한 편인데다가 벌써부터 이마가 벗겨지는 조짐마저 보이고 있었다. 그 탓에 제 나이 스물두 살보다 훨씬 나이가 들어 보였다. 그럼에도 여자들에게 여간 인기가 있는 게 아니라서, 그의 유머에, 열정에, 찰찰 넘치는 매력에 반했다는 여자들이 한둘이 아니었다. 하지만 정작 단은 오로지 일편단심으로, 같은 사학과 대학원에 다니고 있는 밀렌이라는 여학생만을 사랑하고 있었다.

맨 마지막 봉지까지 카트에 싣고 나서 어네스트가 일행을 따라 나서려는데, 계산대의 아가씨가 무지막지하게 큰 소리로 어네스트를 불러 세웠다.

"어머 애, 너 그 책은 그냥 슬쩍하겠다는 거니 뭐니?"

어네스트는 빅투와르를 쳐다보았고, 빅투와르는 어네스트가 한 푼도 없다는 것을 알고 있었다. 단이 책을 압수해 작가의 이름을 보았다.

"가스파르 모르레스…… 이 양반이 무슨 네 친척이라도 되냐?"

"우리 아빠…… 같아요."

"이 사람은 우리 분야에선 몇 손가락 안에 꼽힐 만큼 아주 유명한 분이야. 내 석사 논문 참고 문헌에도 이 분의 이름이 올라 있는걸. 이 책은 내게도 필요하겠다. 내가 사서 너에게 빌려 주기로 하지."

'세상에 자기 아버지 책을 굳이 돈 주고 사야만 하는 수도 다 있나? 정말 그 분이 어네스트의 아버지일까? 가스파르 모르레스란 이름은 얼마든지 있을 수 있잖아. 여태껏 아버지라곤 한 번도 본적이 없다던 녀석이, 무슨 주변에 저명인사 아버지를 단박에 뚝딱 만들어 낼 수가 있냔 말이야?' 단은 혼자서 이런저런 질문들을 해 보느라 너무나 골똘해진 나머지, 카트의 짐들을 미니버스 짐칸에다 옮기고 미니버스를 아파트로 옮기는 동안 아무런 말도 하지 않았다.

"저녁밥 먹고 가지 그래?"

월요일 저녁을 담당할 주방장으로서, 단이 어네스트에게 물었다.

"고맙지만, 안 돼요. 가 봐야 하거든요. 할머니가⋯⋯."

그러면서도 어네스트는 자기의 궁금증을 어떤 식으로 물어야 할지를 몰라 차마 발이 떨어지지가 않았다.

"저기요, 형. 작가의 주소를 알려면 어떻게 해야 하나요?"

"출판사에 편지를 쓰면 돼. 거 왜, 표지 맨 아래에 보면 출판사 이름이 적혀 있잖아. 옛다, 책. 네가 먼저 읽어 보았으면 싶지?"

"예, 괜찮으시다면."

어네스트는 대답하며, 냉큼 가방 속에 넣고픈 조바심을 애써 감추었다. 어서 빨리 가방 속에, 할머니 눈에 띄지 않도록. 할머니 눈에서 될수록 멀리. 눈에서 멀어지면, 정말 마음도 멀어지는 걸까?

8
시므온

어네스트는 책을 품고 누웠다. 너무 흥분이 되어 도저히 읽을 수가 없었다. 오랫동안 뒤척이다 잠이 들었고…… 해서 깨어나는 데도 오래 걸렸다. 실은 제르멘 할머니가 와서 시간을 일러주어서야 가까스로 일어날 수 있었다. 어네스트는 부리나케 책을 가방 속에 숨기고는 허둥대며, 한참 늦게서야 새로운 하루 속으로 뛰어들어갔다.

늦게 집을 나섰고, 그랬기에 또 계단참에 이르러 빅투와르를 만날 수 있었다. 빅투와르는 혼자가 아니었다. 소리를 내며 버둥거리는 커다란 혹 보따리를 하나 안고 있었다. 게다가 마구 헝클어진 머리하며 엉망인 옷 매무새에다가, 아마도 엄마 것이 분명한 웬 통자루 같은 커다란 외투까지 뒤집어쓰고서…… 화가 머리끝까지 차올라 독이라도 뿜어댈 기세였다.

빅투와르가 혹 보따리를 어네스트에게 떠넘기며 말했다. "뛰어!"

어네스트는 그 혹을 떠안는 수밖에 달리 어쩔 도리가 없었다. 커다란 보따리가 답례의 인사로, 자기가 알고 있는 유일한 단어로 고맙다는 뜻을 어네스트에게 전했다. "우!"

일곱 달에 들어선 제레미는, 이제 그 '우'라는 단음절의 외마디 하나를 가지고 자유자재로 온갖 표현들을 융통성 있게 구사할 수가 있게 된 것이다. 그러니까 함빡 웃음이 따라붙는 '우!'란, 제레미 자기는 현재의 이 괴이쩍은 상황이 좋아 죽겠다는 뜻이다.

몽타르당네는 워낙 인력이 남아도는 집안이라서, 양친이 일을 나갔을지라도 자네트 아줌마말고도 아기를 돌볼 누군가가 으레 하나쯤은 늘 남아 있기 마련이었다. 그러나 화요일은 자네트 아줌마가 쉬는 날이라, 대신 화요일 수업이 없는 시므온이 당번이 되곤 했다. 한데 간

밤에 나간 시므온이 아침이 되어도 감감무소식인데다가. 식구들마저 나몰라라 하며 하나둘씩 빠져 나가고 난 뒤, 마지막으로 남게 된 빅투와르만이 그 칠 킬로 이백 그램짜리의 골치덩이를 떠맡아야 하는 유일한 상속녀가 되었던 것이다.

드디어 빅투와르가 독기를 뿜어댔다.

"책임감이라곤 눈곱만큼도 없는 주제에 몸만 돼지같이 디룩디룩해 가지고. 그 얌체 같은 시므온 오빠가 글쎄, 오늘 아침엔 아예 꼬빼기도 내밀지를 않았다니까."

어네스트는 무엇보다도 시므온의 실종이 염려되어, 한 마디를 하지 않을 수가 없었다.

"무슨 일이 생긴 건 아닐까."

"누구에게?"

"시므온 형에게 말이야! 경찰에 알리든지, 아니면 적어도 너희 부모님께는 알려야 할 게 아냐."

"모르는 소리 하지도 마! 이런 일이 어디 한두 번이었어야지. 그 뺀돌이 오빠는 틈만 나면 밖으로 빠져 나간다니까. 자기 딴엔 우리 집 인구를 하나라도 좀 줄여 보겠다는 생각에서란다."

아무튼 인생 경험이 별로 풍부하지 못한 어네스트로

서는 입이 딱 벌어져 빅투와르를 바라볼 수밖에 없었다.

"얘는 어떻게 하지?"

제레미가 어네스트의 코를 좀처럼 놓아 주려 하지 않았다. 아마도 어네스트의 코가 무슨 고무젖꼭지쯤 되려니 여기는 모양이었다.

"그치이? 요 꾀발아."

빅투와르가 제레미에게 으름장을 놓았다.

"우리 꼬마 신동께서 학교 가겠다고 이러는 거지요, 그쵸?"

제레미가 신이 나서 "우!" 하고 소리치며 열렬히 환호했다.

"내 생각엔 학교에서 안 된다고 할 것 같은데. 내가 너라면, 차라리 그냥 집에 있겠다."

"어네스트, 넌 어쩜 그런 말을 할 수가 있니. 자기는 생전 결석 한 번 안 하면서! 오늘 우리 시험 보는 거 알면서 그러니. 내가 그 시험 공부를 얼마나 열심히 했는데…… 그러니까 난 꼭 시험을 봐야 한단 말이야."

빅투와르가 자신의 계획을 열심히 설명하는 동안 어네스트는 잠자코 생각에 잠겼다.

"제레미를 외투 속에 숨겨 갖고 가는 거야. 만약 선

생님이 왜 외투를 입고 있냐고 물으시면, 추워서 그런다
고 대답하지 뭐."

어네스트는 제레미가 머리카락을 마구 잡아당기고 있
는데도 그 자리에서 꿈쩍도 않은 채, 여전히 '생각 중'
이었다.

"뭐 해, 뛰어! 이 와중에 지각까지 할 수는 없어. 무
슨 일이 있어도 절대로 선생님 눈에 띄어선 안 된단 말
이야."

"제레미 덥겠다, 불쌍해라!"

"더우면 애만 덥니, 다 덥지!"

학교 정문 몇 발자국 못미처, 빅투와르는 제레미의
기저귀와 우유병을 갈아주고 나머지는 어네스트에게 맡
겼다. 어네스트는 가방 속, 자기 마음의 무게가 다 실려
있는 듯한 그 묵직한 책 바로 옆에다가 아기 용품 일체
를 넣었다.

둘은 운동장에 있는 아이들 무리에 섞이려고 애를 썼
지만, 빅투와르의 모습은 여전히 뒤집어진 낙타 꼴이었
다. 어네스트는 빅투와르를 가리려고 최대한으로 노력
하며 제레미에게 속삭였다.

"겁내지 마. 우리가 여기 있으니까. 깜깜하고 덥겠지

만, 곧 나아질 거야, 친구."

제레미는 얌전히 굴겠다고 점잖게 "우!" 하면서 엄숙
히 약속했다.

그러나 교실 자리에 앉자마자, 빅투와르의 무릎과 책
상 틈바구니에 끼이게 된 제레미는 약속을 깨버렸다. 선
생님이 시험 문제지를 돌리기가 무섭게 앙증맞은 신음
소리를 낸 것이다. 주위에 있던 아이들이 고개를 갸우뚱
거렸다.

"우유병 좀 건네 줄래?"

빅투와르가 어네스트에게 속삭였다.

어네스트가 몸을 굽혀 우유병을 꺼내려는데 빅투와르
가 말했다.

"관둬라, 잠이 들었나 봐."

"빅투와르, 어네스트, 좀 조용히 못 하겠냐."

어네스트가 선생님에게 뭐라 지적을 받기는 이번이
처음이었다. 어네스트는 그런 자신이 조금은 대견하기
까지 했다. 이제껏 자기는 어찌 보면 저 혼자 잘난 독불
장군이었던 것이다. 별 막힘없이 술술 시험지 답안을 써
내려가면서, 어네스트는 속으로 '이렇게 하여 결국 문
제아가 되는 거로구나.' 하고 생각했다.

"빅투와르, 넌 여기가 무슨 시베리아쯤 되는 줄 아니?" 선생님이 물었다.

"그렇게 커다란 외투를 입고 덥지도 않냐?"

빅투와르는 얼굴도 들지 않은 채 고개만 저으며, 모쪼록 선생님이 자기를 잊어 주기를 바랐다. 어찌나 더운지 구슬 같은 땀방울로 시험지가 다 흥건해질 지경이었지만, 빅투와르는 어네스트가 도와 준 덕분에 부쩍 늘어난 자기의 실력을 이번 시험을 통해 유감없이 보여 주겠다고 굳게 결심한 터였다.

"제레미가 혹 숨이라도 막히면 어쩔래?"

"걱정 마, 앤 이런 덴 이골이 났을 거야. 엄마 뱃속에서 열 달이나 살던 앤데, 뭘."

그러나 걱정할 만하다는 것을 온몸으로 보여 주려는 듯, 제레미가 묵직히 힘을 주어 '끙' 하면서 울분을 터뜨렸다. 제레미의 그 울분은 소리는 거의 없었지만 어떤 기막힌 냄새로 이어져, 최루탄처럼 이내 교실 전체에 퍼져 나갔다.

"냄새가 나."

빅투와르가 어네스트에게 속삭였다.

"나도 알아, 어떡하지?"

"그냥 이대로 버텨 봐야지 뭐. 하필이면 똥이람, 요 새끼 돼지야."

아이들이 시험을 거의 다 치러갈 무렵 제레미가 울부 짖기 시작했다. 이제 외투 따위론 아무 소용도 없는 터 라, 빅투와르는 감추고 있던 보퉁이에서 아기를 꺼낼 수 밖에 없었다. 귀먹고 눈먼 사람이 아닌 이상, 그야말로 바보가 아닌 이상, 선생님이 그걸 듣지 못하고 보지 못 했을 리가 없다. 선생님이 이인조 유아 유괴범들에게 다 가와 조용히 물었다.

"이게 뭐냐?"

"이건 제 동생, 제레미예요. 저기요, 선생님, 제가 시 험을 다 치를 때까지만 선생님이 앨 좀 안고 계시면 안 될까요?"

선생님은 두말도 않고 제레미를 안았다. 그러고는 창 문가로 데려가 어르기 시작했다. "울지 마라, 아가야." 선생님의 말에, 제레미는 금세 얌전해졌다. 그 앤 거의 천부적이라 할 만큼 타고난 학교 체질인 것 같았다.

교장 선생님이 어네스트네 교실을 방문하기는 좀처럼 없던 일이었다. 교장 선생님과 담임 선생님 사이가 무슨 텔레파시가 통하리만큼 그다지 썩 화기애애한 편도 아니었건만 말이다. 아마도 교장 선생님이 뭔가 이상한 낌새를 느꼈던 모양이었다. 어쨌든 교장 선생님은 우연하게도, 담임 선생님이 그 반 학생도 아닌 웬 아기를 안고 있는 현장을 목격하게 되었다.

"선생님, 이 학교가 무슨 놀이방인 줄 아십니까! 젖먹이가 여기 웬 말입니까? 수업 중에까지 선생님의 아이를 돌본다는 건 절대로 묵과할 수가 없는 일입니다."

제레미는 교장 선생님에게 방실방실 웃으며, 예의 외마디 "우!"로 동감을 표시했다.

그 와중에도 빅투와르는 꿋꿋하게 시험 답안을 쓰고 있었다. 해명을 하려고 일어난 쪽은 어네스트였다.

"오늘 아침에 아기를 돌보아 줄 사람이 아무도 없었거든요."

"여긴 탁아소가 아니에요. 사설기관도 종교 단체도 아닌, 엄연한 공립학교라고요. 이 아기, 누구네 애죠?"

어네스트가 제레미를 냉큼 자기 쪽으로 끌어당겼다. 빅투와르가 시험 답안지 위에 마지막 마침표를 찍고는 어네스트 쪽으로 가서 외쳤다.

"우리 애예요."

교장 선생님은 독 묻은 화살이라도 있다면 찔러도 시

원찮겠다는 눈매로 두 아이들을 노려보았다. 단지 독 묻은 화살이 없었을 뿐이다.

"그게 그러니까 말하자면, 제 동생이란 뜻이죠."

"따라와!"

교장 선생님이 두 어린 죄인들에게 명했다. 담임 선생님한테는 '이따 쉬는 시간에 좀 봅시다'란 별도 지시와 함께.

"교장 선생님, 기저귀 좀 갈아도 될까요? 급해요!"

"일단 따라오래니까! 여기는 교실이지 유아실이 아니래도."

어네스트는 모두가 바라보는 앞에서 기저귀를 꺼내지 않으려고 아예 가방을 통째로 들고 따라갔다. 반 친구들이 "어루, 어루", "깍, 까꿍" 등 아기를 어르는 온갖 사랑의 말들을 한껏 주워 섬기며 열렬한 성원을 보냈다. 아기의 천진스러움에 반하지 않고 배길 사람은 아무도 없을 것이다. 교장 선생님만 빼고. 담임 선생님은 제레미를 보자 그만 치밀었던 화가 눈 녹듯 사라지는 것 같았다. 두 녀석들을 야단칠 생각조차 떠오르지가 않을 정도로.

반면, 교장 선생님의 훈계는 좀처럼 그칠 기미가 보

이지 않았다.

"교직 생활 삼십 년에 내 이처럼 충격을 받기는 처음이야. 아무래도 너희 부모님들께 알려야겠다."

어네스트 역시 자기도 학교 생활 오 년에 교장실에 불려가기는 처음이라고 생각했다.

"당장 너희들 집에 전화부터 해야겠다."

어네스트는 교장 선생님한테 감히 말대꾸 같은 건 하고 싶지가 않았다. 어차피 교장 선생님도 얼마 안 있어 저절로 알게 될 테니까, 자기네 '집'에 연락을 취하고 싶다면 전보를 쳐야 하리란 것을 말이다.

"우선 몽타르당, 너네 집부터." 교장 선생님이 한심하다는 듯 두 아이에게 말했다. 교장 선생님은 서류 수백 장을 뒤적인 끝에 그 중 두 장을 헤집어 내어, 한참을 들여다보더니 빅투와르네 집으로 전화를 걸었다. 받지 않음. 교장 선생님은 몽타르당 부인 사무실 번호를 돌리고는 이윽고 꼬장꼬장한 목소리로 말했다. "외무부요." 그 꼬장꼬장한 통화자는 결국 전화통을 붙잡고 열두 번의 신호음을, 그리고 녹음된 메시지를, 이어서 컴퓨터 합성으로 지지직거리며 흘러 나오는 기계 음악까지도 무던히 참아 내며 들어 주고 있어야만 했다.

제레미도 더 이상 가만 있지 않았다. 마구 버둥거리며 항의를 했다. 제레미가 볼멘소리로 "우!" 하고 자기도 교장 선생님이 싫다고 외쳐댔다.

"이제 기저귀를 갈아도 될까요?"

"그러든지."

교장 선생님이 넌더리를 치며 말하는 순간, 쉬는 시간을 알리는 종소리가 쩌렁쩌렁 울렸다.

제레미를 안고, 달랑 기저귀 한 장을 든 어네스트를 거느리고, 빅투와르가 여자 화장실 쪽으로 향했다.

"난 더 이상은 못 따라가겠어." 어네스트가 주위를 에워싼 여자 아이들에게 잔뜩 주눅이 든 채 말했다.

"정 그렇담, 남자 화장실로 가지 뭐. 어쨌든 제레미도 남잔 남자니까! 난, 남자 아이들의 고추 따위로 기절초풍을 할 애는 아니라고."

빅투와르가 기저귀 가는 일을 마치자, 둘은 다시 교장실로 돌아갔다. 교장 선생님은 머리끝까지 화가 나 있었다.

"너희 어머니는 회의 중이시란다. 너희 아버지도 회의 중이시래고. 모르레스 전화번호는 보이지도 않는다. 내가 어떻게 해야 되겠니?"

"제레미는 온순한 아이예요, 교장 선생님. 아무도 귀찮게 하지 않아요."

"쟤가 날 귀찮게 하고 있잖아! 너희들이 날 귀찮게 하고 있잖아! 자, 이제 너희들은 여기서 나가 집에 가서 애나 보렴. 난 목요일 아침 수업 시작하기 전에 너희 부모님들을 뵈어야겠다. 그러기 전엔 너희들은 학교에 발도 못 들여 놓을 줄 알아라."

어네스트는 허둥거리며 제 짐을 챙겨 들고 빅투와르의 짐까지 받아 들었다. 둘은 쫓겨난 신세를 한탄하며 함께 빅투와르네 집까지 걸어갔다. 둘이 집에 들어서자, 그와 거의 동시에 집에 들어온 시므온이 아무렇지도 않은 듯 태평스럽게, "안녕!" 하고 인사를 했다.

"오빠나 실컷 안녕해!"

빅투와르는 한 마디 쏘아붙이고는 더 이상 말을 하지 않았다.

"학교 노는 날이던가, 오늘이?"

시므온이 천연덕스럽게 물으며, 어네스트가 안고 있던 제레미를 받았다.

"어이구, 우리 데련님, 쭈쭈, 까까, 어야 갔다 왔니?"

빅투와르는 못 말리겠다는 듯 어깨를 으쓱하며 어네

스트에게 물었다.

"저런 작자들은 도대체 어떻게 해야 하는 거니? 우리의 장래를 완전 쑥대밭으로 만들어 놓고 어떻게 저렇게 룰루 랄라 하며 홀연히 나타날 수가 있담. 내 장담하는데, 틀림없이 저 오빠는 오늘이 화요일이란 것조차 모르고 있을 거야."

"앗, 이런! 화요일이라고? 아니 벌써? 어휴, 빌어먹을! 망했잖아! 그래 이 말썽꾸러길 어떻게 했냐?"

"데리고 학교에 갔다. 왜?"

"엄마 아빠도 알고 계시니?"

"알고 싶지 않으셔도 어차피 곧 아시게 될걸!"

제레미는 다시 집에 온 게 영 못마땅했다. 아마도 학교가 더 마음에 들었던 모양이다.

"형아가 맘마 갖다 줄게." 단이 말했다.

시므온은 좀 전의 태평스러움으로 되돌아가, 자신의 건망증이 불러온 결과들 따위에 대해선 더 이상 연연해하지 않았다.

"잠깐, 우유병이 나한테 있어요."

그러곤 가방을 연 어네스트는 거기까지도 재난이 미쳤다는 것을 알았다. 어네스트가 그토록 애지중지하던

100

책 위에 떡하니 우유병이 뒤집어져 있었던 것이다. 어네스트는 말끔히 비어진 우유병과 우유가 줄줄 흐르는 두껍고 끈적거리는 책을 들어내었다. 사태의 심각성을 즉각 알아차린 빅투와르가 신속히 수습 방안을 마련했다.

"걱정하지 마, 어네스트. 물로 깨끗이 씻어 낸 뒤 드라이어로 말리면 돼."

시므온이 아기를 보는 동안, 빅투와르와 어네스트는 욕실에서 책의 긴급 복구 작업에 매달렸다.

뒤늦게 양심의 가책을 느낀 시므온이 말했다.

"나랑 같이 학교에 가자. 내가 다 해명해 줄 테니까."

"교장 선생님은 어디까지나 '부모님'이라고 말씀하셨어. 오빠쯤이야 아마 단숨에 묵사발로 만들어 놓으실걸."

"아, 그래, 그럼 할 수 없군. 어차피 너희들이 학교를 못 가는 거라면, 나의 사재를 털어 영화 구경이나 시켜 주지 뭐."

갑자기 빅투와르가 그 덩치 커다란 오빠를 와락 껴안았다. 영화 공부를 하는 그 오빠는 좀 덤벙거리긴 해도, 어쨌든 정의감만은 살아 있었던 것이다.

"한데 우리에게 어떤 영화를 추천할 건데?"

9
몽타르당 아저씨

그렇게 해서 어네스트는 자신의 '난생 처음' 목록에 영화를 하나 더 추가하게 되었다. 담임 선생님이 감상문을 써 내라고 한 것도 아니건만, 어네스트는 좀처럼 뇌리에서 지워지지 않는 그 모험을 종이에라도 대고 이야기하고 싶은 마음이 간절했다. 할머니한테 영화 이야기를 하자니, 학교에서 쫓겨난 사건까지 시시콜콜 다 털어놓아야만 했기 때문이다. 어네스트는 몽타르당 아저씨의 충고를 따르기로 했다. 몽타르당 아저씨가 "너무 걱정 말거라, 어네스트. 굳이 할머니께 알려 공연히 평지풍파 일으키지 말고. 목요일 아침 일은 내가 다 알아서 할 테니." 하고 말하지 않았던가.

하여, 태풍 전야의 고요함이 찾아들었다. 어네스트는 영화에 대해 쓰기 시작했다.

　　매표구에서 빅투와르가 표 두 장을 샀다. 우리는 컴컴한 영화관으로 들어갔다. 빛이라곤 커다란 영사막에서 흘러 나오는 게 전부였다. 게다가 귀청이 터질 듯 울려대는 소리하며 화면에 비쳐지는 그림들이 어찌나 정신없이 뒤바뀌던지, 난 좀 겁이 났다.

　　"저건 예고편이야." 빅투와르가 일러주었다. 밝은 대낮의 그 엉뚱한 시간에 영화를 보겠다고 들어온 관객들이라곤 우리 둘뿐이라서, 우리들은 폭신한 의자에 한껏 느긋하게 파묻힐 수가 있었다. 내가 오늘 아침의 사건들을 생각하다가, 가방 속의 내 책이 제대로 말랐는지를 다시 한 번 확인해 보고, 잠이나 한숨 자 볼까 궁리를 하던 터에 그럭저럭 영화가 시작되었다. 그 때부터 갑자기 이런저런 잡생각들이 순식간에 사라지고 내 앞에 펼쳐지고 있는 삶의 이야기가 나를 사로잡기 시작했다. 더 이상 나라는 게 존재하지 않았고 또 그게 그렇게 편할 수가 없었다. 그러곤 영화가 끝나 조금 비틀거리며 영화

관을 나오면서, 나는 지금 이 시간이 여느 때 같으면 학교 수업을 마치고 나올 시간이라는 것을 알게 되었다. 그리고 어쩌면 이런 날, 이런 화요일이 내 뒤를 쫓아다니며 계속 이어질지도 모른다는 생각이 들었다. 그렇다면 이런 날이 나를 잡지 못해 언제까지고 내 꽁무니를 졸졸 따라다녔으면 좋겠다.

어네스트는 빅투와르를 집 앞까지 데려다 주었다. 바로 거기에서 한 번도 본 적이 없던 몽타르당 아저씨와 맞닥뜨렸다. 몽타르당 아저씨는 시므온을 통해서 모든 일을 전해 들었다며 목요일 아침에 같이 학교에 가 주겠다고 말했다. 어네스트는 갑자기 자기의 삶이 낯설게만 느껴졌다. 아직도 영화 속의 감미로움이 계속되는 듯하면서도, 뭔가가 빠져 있는 듯한 허전한 느낌이 들었다. 어네스트는 집에 돌아와 사과를 먹다가, 자기에게 빠진 게 무언지를 깨달았다. 날마다 오후를 동고동락했던 나의 친구, 나의 숙제들이여! 할 일이 아무것도 없었다. 책을 다 교실에 두고 온 것이다. 어네스트는 방문을 닫고는 그 '우여곡절 끝에 우글쭈글해진' 책을 꺼내 첫 장을 들추다가, 맨 앞의 헌사에 눈길이 멎었다. '준비에

브, 미르티유, 클레망틴, 프뢴, 세리즈 그리고 폼므에 게.' 어네스트가 보기에는 이 헌사에는 적어도 한 이름이 빠져 있는 것만 같았다. 그게 그렇게 마음 아플 수가 없었다. 그래서 어네스트는 책을 읽는 대신, 태어나서 처음으로 편지라는 걸 쓰기 시작했다.

친애하는 모르레스 아저씨께

저는 아저씨의 책에 무척 관심이 많아요. 뭐, 그렇다고 정말 제가 그 책을 읽으려거나, 어떤 내용인가 들여다볼 생각을 했던 건 아니고요……. 실은 아저씨의 책에서 무엇보다 제 관심을 끌었던 건, 아저씨의 성이었어요. 왜냐하면…… 제 성이랑 똑같았거든요.

지금까지 제가 살아온 이야기를 늘어놓아 아저씨에게 동정을 구할 생각은 없어요. 데이비드 커퍼필드니 올리버 트위스트처럼 저보다 더한 인생들도 얼마든지 있으니까요. 사실 전 여태껏 제가 수도승만큼이나 엄격하게 틀에 박혀 살아왔다는 것조차 깨닫지 못했어요. 빅투와르를 만나기 전까지는요. 빅투와르라고 하는 우리 반 어떤 여자 아이를 알게 되면서 비로소 전 산다는 일이 이처럼 신나고 좋을 수도 있는 거로구나 하고 깨닫게 되었어요. 전 같았으면 꿈도 못 꾸었을, 뭐랄까 삶의 활기며 품격 같은 것 말이에요. 해서 전 이제 부르고뉴 퐁뒤도 먹어 보았고, 아기도 안아 보았으며, 하이퍼마켓이라는 데도 가 본 데다가(바로 거기에서 아저씨의 책을 발견하게 되었고요), 순전히 제가 억지로 우겨서 할머니와 함께 우리 동네에 있는 레스토랑에 가서 쿠스쿠스를 먹어 보기까지 했답니다. 제가 아기였을 때는 꼬마 제레미처럼, 누군가 절 안아 주었을지도 모르겠지만, 제 생각으로는 누가 절 안아 주기는 빅투와르가 처음이었던 것 같아요. 그 앤 날마다 제 양 볼에 입을 맞추면서 앞으로 꼬박 십이 년만 있으면 우린 결혼할 거라고 다짐을 하곤 해요.

저는 열한 살입니다. 초등학교 5학년으로, 어제까지는 그래도 제법 훌륭한 모범생이었어요. 별 말씀은 안 하셔도, 할머니가 그 점에 대해서만은 마음 속으로 퍽이나 뿌듯해하셨으리라고 생각해요. 모쪼록 할머니한테 어제로 제가 학교에서 쫓겨났다는 사실이 알려지지 않기를 바랄 뿐이죠.

지금까지 저는 다른 아이들에게는 엄마, 아빠, 누나며 형제들이 있다는 것을 별로 마음에 두지 않았어요. 다른 아이들과 어울릴 기회가 거의 없었으니까요. 그동안 제 나름대로 이것저것 알아보려고 했지만, 할머니가 여간 조심스러우셔야지요. 그래도 할머니는 제 아빠가 살아 있다는 것만은 말씀해 주셨어요. 그 살아 있다는 아빠가 혹시 아저씨가 아니세요? 무얼 기원해야 할지는 모르겠으나, 모르레스 아저씨, 부디 제 기원의 마음을 받아 주시길 바라면서 이만 총총.

어네스트 모르레스 드림.

그 많은 서랍장들의 서랍이란 서랍을 온통 헤집고 다닌 끝에 어네스트는 겨우 누런 편지 봉투 한 장을 찾아낼 수 있었다. 봉투 이음새 어디 하나에도 풀기라곤 없었다. 어네스트는 가스파르 모르레스라고 쓰고, 테이프로 덕지덕지 봉한 뒤, 편지를 책갈피 속에 숨기고, 책을 도로 가방 속에 넣고는, 공포의 이튿날을 기다렸다.

빅투와르와 빅투와르 아빠가 어네스트네 아파트 앞에 엉거주춤 이중 주차를 한 채, 어네스트를 기다리고 있었다. 어네스트가 나오기가 무섭게, 부녀가 제각각 경적을

울려댔다.

몽타르당 아저씨는 타이를 맨 정장 차림이 썩 잘 어울려 보였지만, 가뜩이나 바쁘디 바쁜 날에 아이들 문제로 초과 근무까지 하려니 꽤나 신경이 곤두서 있었다. 게다가 아저씨의 얼굴만 봐도 피곤해 죽겠다는 표정이 역력하여, 행여 꿈엔들 그 분이 산타 할아버지나, 하느님이나, 아니면 뭐 신령님에게라도 자식 열넷만 점지해 주십사고 빌었을 성 싶지는 않았다. 어네스트는 아기가 어떻게 만들어지는 건지 몰랐다. 할머니도, 제르멘 할머니도 결코 얘기해 준 적이 없었다. 빅투와르에게 물어 보자니 왠지 거북했다. 혹 빅투와르가 정답을 알고 있어서 피가 뚝뚝 흐르는 끔찍한 장면들까지도 시시콜콜 다 설명해 줄까 봐 두려웠기 때문이었다. 하지만 천지가 갈라진 이래로 이날 이 때까지 지극히 평범한 사람들도 그 일을 다 할 줄 아는 걸로 보아, 그게 뭐 그리 대단히 어려운 일은 아닐 것임이 분명했다. 아마도 세상엔 굳이 배우지 않아도 되는 일이 있는가 보았다. 그러니까 저 혼자 저절로 알게 되는, 이를 테면 잠을 잔다든가, 빅투와르를 사랑하는 것 같은…… 그런 일들이.

언제나 그랬듯이 잔뜩 화가 나고 성이 나고 신경이

곤두서 있던 교장 선생님이, 빅투와르의 아빠를 보더니 달짝지근하기 이를 데 없는 웬 바닐라와 편도 복숭아를 섞어 놓은 듯한 자세로 돌변했다. 고급 맞춤복과 근사한 머리 모양하며, 말쑥하니 이탈리아 신사처럼 차려 입은 몽타르당 아저씨의 어느 구석 하나라도 나무랄 데가 없었던 것이다. 훤칠하고, 날렵하고, 딱히 잘생겼다고 꼭 집어 말할 순 없지만 그런 대로 균형 있게 빠진 얼굴에, 게다가 무슨무슨 장이라는 직함에 손색이 없는 자연스런 위엄마저 구비하고 있지 않은가. 이야기가 본론으로 들어가기도 전에 벌써부터, 교장 선생님은 그 같은 분에게 감히 시간을 내라 어쩌라 한 일이 이만저만 후회가 되는 게 아니었다. 몽타르당 아저씨와 전화 통화를 할 때만 해도 꼬장꼬장한 원리원칙론자로서, "있을 수가 없는 일이에요!" 하며 따따부따하던 교장 선생님이, 정작 몽타르당 아저씨와 얼굴을 마주하자 이렇게 말하는 것이 고작이었다. "별일은 무슨 별일, 누구나 어쩌다 보면 그럴 수도 있는 일이죠. 뭐, 몽타르당 씨." 그러곤 교장 선생님이 자청하고 나서서 빅투와르와 어네스트에게 빠진 화요일 오후 수업을 보충해 줄 것이며 또 그 일 때문에 아이들의 학적부에 피해가 가는 일은 없을 것이라고 약속했다. 더군다나 오히려 교장 선생님이 먼저 거듭 죄송과 거듭 사죄를 연발하는 바람에, 빅투와르의 아버지는 뭐라 한 마디라도 끼어들 자리가 없었다. 몽타르당 아저씨는 맥이 빠지다 못해 거의 허망하기까지 했다. 일대 전투를 치를 비장한 각오로 나섰건만, 겨우 솜방망이 몇 대 맞은 게 고작일 때의 그 허망함이라니. 몽타르당 아저씨는 아이들을 도닥거려 주고는 이내 일터로 달려갔다.

빅투와르와 어네스트는 아이들에게 뿐만 아니라 담임 선생님에게까지 영웅 대접을 받았다. 담임 선생님이 둘에게 시험지를 돌려주었다. 백 점. 제레미 마스코트가 행운을 가져다 준 것이다!

세 엘로디들 가운데 하나가 둘에게 생일 초대를 했으며, 뤼도빅은 쉬는 시간에 어네스트에게 축구를 하자고 청했다. 어네스트가 조금은 다가갈 수 있는 아이가 되긴 했으나, 그래도 축구를 할 줄 모르기는 마찬가지였다.

사람은 어디에나 길들여지기 마련이라서, 어네스트도 어느 샌가 아이들과 어울리는 일에 자연스레 익숙해졌다. 그러나 집 밖에서 사람들과 얘기를 많이 하면 할수록, 어네스트는 집 안에서 할머니와 얘기하고픈 마음이 더욱 간절해졌다. 군이 할머니한테 걱정을 끼치고 싶지는 않았지만, 그래도 학교에서 있었던 제레미 사건과 책 얘기만은 해야겠다고 결심했다. 어네스트는 그렇게 맘을 단단히 먹고 집에 왔건만, 웬걸, 집안은 파리 날리는 영화관보다도 더 조용했다. 부엌에 가 보니 식탁 위엔 아무것도 차려져 있지 않았고, 가스레인지 위엔 냄비 하나 놓여 있지 않았다. 그나마 누군가 살고 있다는 것을 보여 주던 그 작은 불씨들마저 다 꺼져 버린 것이다. 저녁 국거리로 쓸 야채 봉지만이 달랑 찬장 위에 얹혀 있었다. 어네스트는 후닥닥 할머니 방으로 달려갔다. 침대는 정돈되지 않은 채 어지러져 있었지만 정작 침대 주인은 온데간데없었다.

어네스트는 문득 자신이 쓴 편지가 떠올랐다. 기어코 그 편지가 벼락을 몰고 왔구나. 하지만 그 편지는 아직 부치지도 않았다! 어네스트는 이리저리 머리를 굴려 보았다. 숨겨진 또 다른 편지가 생각났다. 도저히 알아볼 수 없는 그 꼬부랑 글씨들이 무슨 뾰족한 해답이라도 줄 것만 같았다. 어네스트는 빅투와르를 부르러 가는 일말고는 아무것도 생각나지 않았다. 하지만 자기가 나간 사이에 할머니가 집에 돌아와 걱정이라도 하면 어쩌나 하고 또 걱정이 되었다.

걱정. 이제 어네스트는 본격적으로 그 걱정이 꼬리에 꼬리를 물고 이어지는 단계로 돌입했다. 어네스트는 다 찌그러진 소파에 넋을 놓고 앉아서, 공포가 밀려들어와 두개골을 바싹 조여 오며 두뇌 회전을 완전 마비시켜 버리는 것을 그대로 내버려 둘 수밖에 없었다. 어네스트는 그 자리에 웅크리고 앉아서, 움직이지도, 읽지도, 생각도 못한 채 머릿속에서 끊임없이 울려대는 한 소리만을 듣고 있었다. '할머니가 죽었다.'

다섯 번째로 그 말을 되뇌이면서 이제 그 말이 거의 참말 같게만 여겨질 즈음, 할머니가 나들이 차림 그대로 조용히 거실로 들어와 어네스트 곁에 앉았다.

"제르멘이 몸이 아주 안 좋은 모양이야. 글쎄, 앰뷸런스에 실려 병원으로 갔지 뭐냐. 옆집 사람이 앰뷸런스를 불러 주었어. 곧 심장 수술을 해야 한대나 봐."

바로 그 대목에서 어네스트는, 지금까지 한 번도 못 보았던 무언가를 보게 되었다. 할머니가 눈물을 흘린 것이다.

어네스트는 이내 바스락 부서져 내리기라도 할 듯이 앙상한 할머니를 조심스레 껴안으며 말했다. "할머니,

울지 마."가 아니라, "울어, 실컷 울어!"라고.

할머니가 웅얼거렸다.

"언제고 너를 돌보아 줄 이가 하나도 남지 않게 될 날이 오고야 말리라는 것만 생각하면, 할미는 뼈마디가 다 내려앉는 것만 같더구나. 여든 해를 넘기면서부터는 하루하루 넘어가는 소리가 쩌렁쩌렁 들리는 것 같았지만, 부러 그 끔찍한 소리를 못 듣는 척 했단다."

그리고 할머니는 다시 마음을 다잡고 어네스트에게 일렀다.

"자, 내려가서 뭐라도 먹고 학교에 가자. 할미가 데려다 주마. 돌아오는 길에 오늘 저녁 찬거리도 장봐야 하니까."

"저도 장볼 줄 알아요, 할머니. 수업 마치고 오는 길에 봐 오면 돼요."

"장차 이 노릇을 어찌해야 할지 모르겠구나, 어네스트. 난 너무 늙었고 넌 너무 어리니 말이다."

"할머니, 염려 마세요. 닥치면 닥치는 대로 다 하게 마련이에요."

"제르멘은 또 어쩌지……."

"제르멘 할머니가 아주 많이 아파요?"

"그래, 지금은 잠이 들었다만, 의사들 말로는……."

"더 이상 일을 하면 안 된다고 하는군요." 어네스트가 말을 맺었다.

"그런데 할미는 이제 기운이 성칠 못해."

"내 걸로 같이 쓰면 돼요, 할머니."

10
앙리에트

"네가 우리 집에 와서 살면 되잖아!"

빅투와르가 제안했다. "내 침대 밑에 매트리스도 하나 더 있겠다. 뭐가 문제래."

"그럼 할머니는?"

"그건 우리 엄마한테 한 번 여쭤 보고 내가 내일 알려 줄게. 내 생각이지만 말이야, 열일곱 명 자리가 있는데, 아무렴 열여덟 명 자리가 없을라고."

"저 말이야, 우리 할머닌 주위가 조용해야 할 것 같아. 소란스러운 데 전혀 익숙하시지 않으시거든."

"그럼 아줌마 방을 내드리면 되겠네."

"아무래도 그건 좋은 생각 같지가 않아. 그건 그렇다 치고, 너 무슨 요리 안내서 같은 거 있으면 하나 빌려 주라, 내가 먹을 걸 만들어 볼 참이거든."

어네스트는 책가방을 뒤져, 자기가 쓴 편지를 꺼냈다. 편지를 빅투와르에게 건네며 부탁을 했다.

"있잖아, 빅투와르. 일전에 단 형이 작가의 주소를 알아봐 준다고 하길래……."

"그래, 그래, 그건 염려 마, 잘 될 거야. 단이 다 알아서 해 줄 테니까."

어네스트가 학교 근처에 있는 조그만 잡화점에서 저녁 찬거리 몇 가지를 사 들고 집에 돌아와 보니, 할머니가 부엌에서 야채를 다듬고 있었다. 당근 하나 감자 하나마다 웬 뜸을 그리도 들이는지, 아예 조각을 할 참인가 보았다. 어네스트는 할머니 곁에 앉아 지켜 보면서 그런 식으로 야채를 벗기다간 끝내 못 벗겨 내고 말리라고 확신했다.

달걀 깨뜨리는 일 하나만 보더라도 누구처럼 감쪽같게 하지 못했다. 달걀 껍질들이 자금자금 씹히는 오믈렛을 할머니가 싫어하지나 말아야 할 텐데. 어네스트는 모

116

쪼록 이번 저녁 한 끼를 성공적으로 만들어 내어 둘이서라도 어떻게든 살아남을 수 있다는 것을 할머니한테 증명해 보이고 싶었다.

수프라는 게, 그래도 그 중 만만해 보였다. 냄비에 물을 붓고 야채 건더기들을 동동 띄우기만 하면 되니까. 하지만 할머니는 야채들이 익사라도 할까 봐 감시라도 하는 양, 화덕 앞에서 계속 우두망찰 서 있었다. 어네스트는 식탁에 앉아 숙제를 했다. 그러면 할머니는 세상이 제대로 돌아가고 있다고 안심할 테고, 어네스트 자기도 같은 방 안에서 소리 없이 오가는 할머니의 기척에 마음이 놓이리란 걸 알고 있었다.

어네스트는 가방 속에서 뒤숭숭한 새우잠을 자고 있을 책 옆에다 과제물들을 넣었다. 어네스트가 빈 접시 두 개 가운데 하나를 식탁 위에 놓으려는데 초인종이 울렸다. 빅투와르와 스불론이 냄비 하나와 케이크를 덜거덕거리며 수선스레 부엌으로 들이닥쳤다.

"스튜(고기찜)예요." 스불론이 말했다.

스불론은 빅투와르보다 겨우 한 살이 많았지만, 꽤나 거들먹거리며 오빠 행세를 다부지게 하는 터였다. 중학생이라는 이유 하나만으로.

"원, 이러지 않으셔도 되는데." 할머니가 생각지도 못한 뜻밖의 호의에 어쩔 줄을 몰라 하며 말했다. "그럭 저럭 우리 둘이서도……."

"아시다시피, 저희 집은 워낙 모든 게 대량 생산 체제거든요. 그러니 너무 부담 갖지 마세요, 할머니. 요 정도 더 한다고 해서 돈이 더 드는 것도 아니래요. 또 우리도 여기서 함께 먹을 건데요, 뭘."

어네스트가 접시 몇 개를 더 찾고 있는데, 할머니가 거실로 나가더니, 잠시 후 이제껏 어네스트가 한 번도 본 적이 없던 파티용 접시들을 들고 왔다. 얼굴에 미소마저 띠우고.

먹음직스러운 고기찜에다 우아한 그릇들, 게다가 미소를 짓는 할머니와 함께 식탁에 앉으니, 아까까지만 해도 집 안에 짙게 드리워졌던 먹구름이 멀리 달아난 느낌이었다.

"저기요, 저희 집에서 회의를 했는데요."

무척 상기된 표정으로 빅투와르가 말문을 열었다.

"자네트 아줌마에게 딸이 하나 있는데, 마침 그 딸이 일자리를 찾고 있던 참이었거든요. 그래서 자기가 제르멘 할머니 대신 여기 와서 일을 하면 어떨까 한대요. 저

118

도 본 적은 없지만, 그 언닌, 자네트 아줌마 말로는, 따발총이래요."

"그래도 괜찮을까?" 어네스트가 빅투와르에게 낮은 소리로 속삭였다.

"몇 살인데?" 할머니가 물었다.

"아마 스물 몇 살쯤 되었을 거예요."

"우리 집에 좀 젊은 사람을 한번 두어 보는 것도 그리 나쁠 것 같진 않구나."

"그 언닌 요리하는 게 유일한 낙이래요. 주방장 되는 게 꿈이었는데, 요리 학교를 그만 뛰쳐나와 버렸다지 뭐예요. 학교에서는 좀처럼 자기가 하고 싶은 대로 요리하도록 가만 내버려두질 않더래요. 그래서 이젠 아예 레스토랑을 하나 차리기로 꿈을 바꿨대나 봐요."

"우리 집에 무슨 요리할 일이 어디 그렇게 많아야지. 식구래야 단 둘 뿐인걸."

"나머지 집안일도 다 자기가 도맡아 하겠다고 약속했어요. 그 언닌 바느질도 할 줄 아는걸요."

"그래, 그럼 내일 아침 이리로 와줄 수 있다면, 그 때 한번 만나 보기로 하자꾸나."

자네트 아줌마의 딸은 어네스트가 집을 나서기 바로 직전에 칼같이 나타났다.

"난 앙리에트라고 한다."

앙리에트는 가뜩이나 커다란 몸집에 뾰족하니 솟은 십 센티미터의 굽 높이까지 보태져 이만저만한 거구가 아니었다. 눈두덩에는 숯검댕이 같은 시커먼 색이 무시무시하게 칠해져 있었고, 머리는 독수리 둥지 속에 웬 까만 갈가마귀 한 마리가 들어앉은 것 같았다. 그 칠흑 같은 머리에 오렌지색의 깡충한 자루 치마가 금방이라도 튀어나올 듯 도드라졌다. 꽉 끼고, 조이고, 터질 듯한 치마 품 때문에 안 그래도 조마조마하건만, 짧기는 또 왜 그렇게 짧은지, 차라리 수영복 같은 게, 결코 성장을 멈출 것 같지 않은 두 다리통 위에 아슬아슬 걸쳐 있었다. 어네스트는 멈추려 멈추려 해도 자꾸만, 자기를 향해 겨누어진 무슨 쌍대포처럼 불룩 튀어나온 그 누나의 젖무덤께에 눈길이 가 닿곤 했다. 어네스트는 아무래도 할머니에게서 영 마뜩찮다는 총평이 나오리라는 예감이 들었다. 그러나 어네스트의 예상은 보기 좋게 빗나갔다. 할머니는 앙리에트 누나의 펄펄 넘쳐나는 힘과 생글거리는 미소만을 보았던 것이다.

"어휴, 맙소사. 여긴 왜 이렇게 컴컴하니." 앙리에트가 툴툴거렸다. "환하게 죄다 확 바꿔 놔야 할까 보다."

처음으로, 어네스트는 학교에 가고 싶지가 않았다. 앙리에트를 바라보는 게 훨씬 더 흥미진진할 것 같았다. 앙리에트가 마치 제 맘껏 주무를 수 있는 무슨 인형의 집이라도 손에 쥔 꼬마 여자 아이 같아 보이니 말이다.

정오가 되어 어네스트가 집에 들어서자마자 뭔가 향긋한 냄새가 코를 사로잡았다. 그다지 허기가 진 것도 아니건만, 어네스트는 자기 코가 가자는 대로 부엌으로 따라 들어갈 수밖에 없었다. 거기서 어네스트는 아예 머리통 전체를 소스 속에 풍덩 담그고픈 충동이 일 지경이었다.

"먼저 피뇽(잣) 샐러드를 먹고 나서 꼬꼬 벵(포도주가 든 소스로 조리해 삶은 닭고기 / 옮긴이주)을 먹을 거야. 에, 또, 디저트로는⋯⋯. 기대하시라 짜잔!"

할머니가 웬 구시대 파티복 차림으로 식탁 앞에 앉았다. 어네스트의 뜨악한 반응을 보고는, 앙리에트가 대중 홍보 차원에서 선포했다.

"여긴 병원이 아니라고! 아무렴 후줄근한 실내복 차림으로 내 요리를 시식할 순 없잖니."

할머니는 의상 문제야 군말없이 응해 주었지만, 그 이상야릇한 음식들만은 받아들이기가 참으로 곤혹스러웠다. 무슨 독이라도 탔을까 봐 전전긍긍하는 제왕처럼, 할머니는 극도로 경계하며 조심스레 맛을 보았다. 할머니는 한 숟갈 한 숟갈 뜰 때마다 그 새로운 이물질들을 퍽이나 미심쩍어했지만, 그런 경계는 이내 걷잡을 수 없이 파고드는 식도락의 즐거움 앞에서 조금씩 조금씩 허물어져갔다.

그냥 맛있다는 말만으로는 부족할 만한 식사였다. 어네스트는 맛있다는 말 외에 다른 표현들을 더 알아봐야겠다는 생각이 들었다. 어네스트가 다시 집을 나서려는데, 앙리에트가 귀띔을 해 주었다.

"할머니가 나더러 오늘 밤참 수프 거리를 만들어 달라고 부탁하시더라. 그래서 브로콜리와 시금치 수프를 만들 참이야. 이따가 네가 데우고 나서 거기에 마늘 크루통(주사위 모양으로 자른 빵을 버터나 기름에 튀긴 것 / 옮긴이주) 몇 개만 동동 띄우면 돼. 내일은 내가 블랑켓(화이트 소스로 양념한 고기찜 / 옮긴이주)을 만들어 줄게."

놀라움 1부에 놀라움 2부가 이어졌다. 저녁에 어네스트가 돌아와 보니, 커튼이란 커튼은 죄다 화들짝 걷혀 있었으며, 가구들 몇 가지는 아예 치워져 고물상 어딘가로 넘겨진 듯했고, 또 몇몇 가구들이 각각 제자리에 알맞게 자리가 바뀌어져 있었다.

할머니가 묻지도 않았는데 먼저 말을 했다.

"앙리에트가 그러는데 여긴 벼룩시장이 아니래."

할머니는 처음으로 어네스트에게 낮에 있었던 일들을 시시콜콜 얘기해 주느라 자못 신바람까지 나 있었다.

"그 따발총이 어디 잠시라도 입을 다물어야 말이지. 게다가 또 어쩜 그렇게 물어 대는지 원. 후추가 좋으세요, 고춧가루가 좋으세요, 마늘이 좋을까요, 생강이 좋을까요, 하면서, 먹는 걸로다만 제르멘보다 네 곱절은 더 풍덩풍덩 써 버리지 뭐냐."

"그럼 적어도 네 곱절은 더 맛있겠네요."

"처음이라서 좀 헤플 뿐이라고, 나보고 염려 붙들어 놓으시라고 하더라. 양념이며, 뭐 또 뭐라더라, 절대 필요 최소치를 확보하느라 그렇대. 내일은 나랑 같이 가게를 둘러보았으면 하더구나. 새 커튼감을 골라야 한다나. 하지만 어림없는 소리! 하늘이 두 쪽이 난다 해도, 내일 난 제르멘한테 가 봐야 하니까."

"저도 따라갈래요."

"그럼 학교 끝나고 같이 가 보자꾸나."

둘째날, 앙리에트는 똑같은 뾰족 구두에 노란 자루 치마를 입고 나타났다. 자기가 쓰던 재봉틀을 이고, 새로 장본 음식 거리들을 지고, 그 밖에 또 무슨 꾸러미들을 주렁주렁 끌고 오느라, 숨이 턱에 닿도록 헉헉거리며…… 어네스트는 집을 나서기가 다시 또 아쉬워졌다.

집에 돌아왔을 땐 어느 샌가 벌써, 밝은 노란색 바탕 위에 잔잔한 과일이며 야채 문양이 색색으로 아롱진 새 커튼들을 감상할 수가 있었다. 모든 게 생판 딴 세상으로 보였다.

"참 잘 고르셨어요, 할머니, 너무 이뻐요."

"내가 안 골랐다. 난 그저 앙리에트에게 알아서 하라고 했을 뿐이야. 우선 네가 뭘 좀 먹고 나서 가 보자꾸나."

간식은 어제 저녁 디저트였던 초콜릿 케이크 한 조각이었다. 하지만 그마저도 병원에 있는 제르멘 할머니를 보러 간다는 생각에 안절부절못하는 어네스트를 진정시켜 주지는 못했다.

병실 문턱에서 간호원이 어네스트는 들어갈 수가 없으며, 할머니는 마스크와 모자와 종이 가운을 입어야 한다고 일러주었다. 어네스트는 할머니를 도와 하나하나 걸쳐 드리고는 자박자박 침대로 다가가는 할머니를 바라보았다.

제르멘 할머니는 두 눈을 감은 채 누워 있었다. 가느다란 호스 하나가 제르멘 할머니의 코와 연결되어 있었고, 또 다른 하나는 침대 시트 속으로 연결되어 있었다. 화장기 없는 제르멘 할머니의 맨 얼굴이 그렇게 안쓰러워 보일 수가 없었다. 할머니가 제르멘 할머니를 토닥거리며 말했다.

"제르멘, 자네가 몸져눕게 되어 얼마나 상심이 되던지……. 하지만 차츰 나아지겠지 뭐. 자넨 강한 사람이잖나, 제르멘. 어서 빨리 자리 털고 일어나야지. 어네스트와 나는 언제나 자네 생각뿐이라네. 우린 늘 자네 곁에 있을 거야. 그리고, 제르멘, 우리들 일일랑 걱정하지 말게나. 우리가 알아서 잘 할 거야. 아무 문제 없다니까. 그리고 자네가 원한다면, 퇴원하고 나서 우리 집으로 와. 자네 맘에 들도록 방을 하나 근사하게 꾸며 놓을 테니까 거기서 몸을 추스리게나. 우리 이제 같이 삼세 그려."

어네스트는 놀라지 않을 수 없었다. 제르멘 할머니에

게 늘 깍듯이 존댓말을 했던 할머니가 그처럼 다정다감
하게 말을 놓는 걸 좀처럼 들어본 적이 없었기 때문이
다. 아마도 아픈 사람에게는 무조건 저렇게 말을 놓아야
하나 보다. 아이 달래듯 나긋나긋하게. 아니 어쩌면 이
건 순전히 앙리에트에게서 나쁜 물이 든 탓인지도 모를
일이다. 아예 처음부터 대놓고 할머니가 무슨 제 친구라
도 되는 양 할머니한테 이랬어 저랬어 하고 반말투였던
앙리에트에게 혼줄을 내기는커녕, 할머니도 덩달아서
이랬단다 저랬단다로 시종을 하더니만 기어코…….

제르멘 할머니가 눈을 뜨더니 이름 하나를 띄엄띄엄
말했다.

"어네스트는?"

"같이 왔는데, 아이라고 어디 들여 보내 줘야 말이
지. 저기, 저 문 밖에 있어."

어네스트는 심장 한 구석 어딘가가 따끔따끔 저려 오
는가 싶더니 그와 동시에 심장 쪽에서 동동 구르며 다급
한 전보를 쳐대기 시작했다. 왜 여태 몰랐던가. 제르멘
할머니, 태어나서 지금껏 거의 하루도 빠지지 않고 보았
던 그 제르멘 할머니가 어쩜 죽을지도 모른다는 걸 말이
다. 바보같이 그 사실을 이제서야 비로소 이마를 치며

깨닫게 되다니……. 제르멘 할머니가 세상에서 제일가는 요리를 만들어 준 것도, 두 사람의 생활에 무슨 혁혁한 개선책을 가져다 준 것도 아니지만, 제르멘 할머니는 두 사람의 삶의 일부였고, 심장의 일부였다. 어네스트는 이따금 학교에서 제르멘 할머니를 떠올리곤 했다. 어쩌다 시험이라도 잘 본 날엔, '제르멘 할머니가 좋아라 하겠군.'하고 생각했다. 사근사근한 말 한 마디를 건네는 법이 없었지만, 그래도 어네스트의 두 뺨에 한껏 뽀뽀라도 해 주고픈 마음을 단 한 번의 웃음으로 대신하곤 했던 제르멘 할머니. 무엇 때문에 제르멘 할머니마저 그렇게 마음을 꽁꽁 걸어 잠가야만 했을까. 입에 발린 말 한 마디라도 담을라치면 당장 그 자리에서 이 세상 하직이라도 하겠다는 듯한 서슬로 그렇게나 말이다. 어네스트는, 무슨 일급비밀이라도 귀띔해 줄 것처럼 "어네스트." 하고 나직히 부르던 제르멘 할머니의 그 말투가 좋았다. 색색가지 분칠로 단장된 그 얼굴이 좋았다. 오로지 원칙에 살고 원칙에 죽고자 했던 그 대쪽 열정이 좋았다. 그리고 어네스트는, 그렇다, 참말이지 제르멘 할머니가 좋았다. 유리 문 너머로 제르멘 할머니를 바라보며, 어네스트는 울고 있었다.

11
베냐민

어네스트와 할머니는 이내 앙리에트가 불러일으키는 발랄하고, 싱싱하고, 짜릿하고, 톡 쏘는 삶의 갖가지 맛에 익숙해졌다. 어네스트는 인생이란 게 이렇게 놀라운 일들을 가져다 줄 수도 있다는 것을, 하루하루가 제각각 이렇게 놀라운 일들을 토해 놓을 수도 있다는 것을 비로소 알게 되었다. 빅투와르라는 초대형(XL) 놀라움이 뛰어들고 나서부터, 그 뒤를 이어 스몰(S), 미디움(M), 라지(L) 사이즈의 놀라움들이 무더기로 정신없이 이어지고 있었다. 날마다 어네스트는 왕성하게 솟구치는 식욕과 함께, 앞으로 전개될 새로운 상황들에 대해 새록새록 호기심이 더해져 잠에서 깨어나곤 했다. 애당초 처음 어네스트가 태어나는 그 순간부터, 모든 게 어긋나기 시작했던 것 같다. 엄마가 죽고, 아빠가 사라지고, 할머니는 혼이 다 나가 버린 데다가, 망연자실 슬픔에 젖어 있는 제르멘 할머니에, 어네스트마저 깨어 있어도 자고 있는 듯 마냥 꿈 속이었다. 자기가 무슨 잠자는 숲 속의 왕자라고, 오로지 공주가 나타나 자기에게 제2의 탄생을 가져다 줄 날만을 기다리기라도 하는 것처럼 말이다.

어네스트에게는 학교 가는 일보다 앙리에트를 기다리는 일이 먼저였다. 어네스트는 기다릴 수 있는 최후의 일각까지 기다리며 앙리에트의 뾰족 굽이 계단을 오르는 똑각 소리를 들으려고 귀를 기울였다. 하지만 끝내 앙리에트의 안녕 소리를 듣지 못한 채 집을 나서야 했다. 그러곤 다시 집으로 돌아와야만 했다. 부엌엔 아무런 새로운 요리도 부글거리지 않으며, 그래서 먹다 남은 것들과 다시 또 말이 없어진 할머니로 그냥저냥 허기를 채워야 하는 그런 집으로 말이다. 빅투와르가 결석을 한 탓에 어네스트 역시 아무 말도 하고 싶지 않았다. 다만 인생이란 건 줬다가 도로 뺏을 수도 있으며, 또 하루하루 역시 나쁜 놀라움들도 마련해 놓을 수 있다는 것을 뼈저리게 깨달았을 뿐이다. 그나마 앙리에트를 화젯거리로 뭐라 한 마디라도 할 수 있다는 것을 다행으로 여겨야 했다. "틀림없이 앙리에트 누나에게 무슨 급한 일이 생겼을 거예요."

열네 살인 베냐민 드 몽타르당이 와서 앙리에트가 감기에 걸렸다고 전해 주었다. 빅투와르와 스불론, 제레미까지도. 앙리에트는 두 사람에게 감기를 옮겨 줄까 봐 겁이 나서 못 왔단다.

그리고 며칠 후 앙리에트가 몰라보게 수척해진 몸을 뾰족 구두에 의지한 채 장대처럼 휘청거리며 나타났다. 그간 소홀했던 어네스트네의 집과 부엌으로 돌아오게 된 앙리에트가 맨 처음 한 일이란, 소리를 지르며 투덜대는 일이었다.

"세상에 어쩜, 뭐라고 말 좀 해 보세요, 말도 안 돼! 오늘 온 신문의 날짜 좀 읽어보지 그래요! 맞아요? 지금 시대가 20세기라는 거, 21세기를 바로 코앞에 두고 있다는 거, 틀림없나요? 여기, 이 집만 19세기, 아니 아예 중세 암흑기라고요. 죽어도 죽어도 난, 전화 없이는 이 집에서 일 안 할 거예요! 그 노릇을 또 하라고요? 우리 엄마 주인 집에 연락을 해서, 그 집에서 또 이 집으로 사람을 보내야 하는 그 노릇을요? 다급한 일이 생기면 어쩌시려고요! 혹시 또, 다 죽어가는 불쌍한 앙리에트에게 안부 전화라도 걸고 싶어지게 될지 누가 알아요. 아이고, 아가 앙리에트야, 어서 어서 나아서 빨리 돌아와라 하고 말이에요, 안 그래요?"

어네스트는 한 번도 그런 그악한 히스테리성 발작을 본 적이 없었다. 할머니가 어떻게 받아들일지 알 길이 없었다. 어네스트는 맘만 먹으면 비를 부를 수도, 화들짝 개이게 할 수도 있는 그 태양같이 우러러보이는 누나를 할머니가 내칠까 봐 조마조마하기만 했다. 하지만 할머니는 싱거우리만치 간단히 양보를 했다. "필요하다면 달지 뭐."

그리하여 앙리에트의 도움으로 여타의 수속 절차를 마치고, 밝은 회색빛 전화기 한 대가 드디어 어네스트네 거실 찬장 위에 놓이게 됐다. 대신 찬장 속에 있는 편지는 이젠 누구 하나 거들떠보지 않는 신세가 되었다. 앙리에트는 한나절이나 걸려 수첩에다가 깨알 같은 전화번호부 명단을 작성했다. 기재된 내용이란, 자기네 집, 몽타르당네 집, 긴급 구조대, 이렇게 세 번호가 달랑 적힌 전화번호부였다. 어네스트는 수화기를 들고 그저 전화기 속에서 띠— 하고 울리는 발신음 소리를 듣는 게 좋았다. 틈만 나면 하릴없이 전화기를 쓰다듬곤 했다. 마치 말 좀 해 보라고 격려라도 하는 양. 전화선 저쪽 끝엔 누군가가 있을 것이다. 어떤 전화 가입자가, 통화자가. 아빠가.

앙리에트로부터 전화 거는 법에 대해 간단한 교육을 받은 뒤, 어네스트는 그대로 실행에 옮겨 빅투와르네로 전화를 걸어 보았다. 수화기 너머 밭은기침 사이로 간간히 끊어지며 들려 오는 그 목소리는, 암만 해도 빅투와르의 목소리가 아니었다.

"거기 빅투와르 드 몽타르당네 맞아요?"

"너 계속 그딴 소리만 하려면……."

"그런데 너, 목소리가 왜 그래?"

"주로 고등동물의 호흡기관에 침투하여 지독한 해독을 끼치며 심할 경우 신경계에까지 손상을 입히는 박테리아들에게 당했어. 몸이 불덩이 같고 기운이 하나도 없는 게, 아무래도 페스트에 걸렸나 봐!"

"그럼 위독한 거니?"

"전혀! 초콜릿도 먹을 수 있는데 뭐. 뭐니뭐니해도 감기엔 그게 최고거든. 우리 집 식구 절반이 다 걸렸어.

집에다 아예 병원을 차렸다니까."

"내가 뭐 도와 줄 일 없니?"

"가만, 그리고 보니 이제야 생각났네. 세상에 네가 나한테 전화를 다 걸다니! 너 지금 공중전화로 거는 거니?"

"우리 집에서 거는 거야. 우리 전화 났다."

"에이, 농담이시겠지!"

"앙리에트 누나가 놓자고 했어."

"어네스트, 난 겁이 난다. 네가 자꾸 그렇게 현대화가 되다가 다른 사람들이랑 똑같아져 버릴까 봐."

"다른 사람들이랑 똑같은 사람은 없어."

"사람은 다 똑같아!"

"두 말씀 다 만고의 진리다."

"너희 집 전화번호 좀 말해 봐. 아무래도 네 말을 믿을 수가 없어서, 내가 직접 확인을 해 봐야겠다. 다시 걸게."

빅투와르가 전화를 걸자, 발작적으로 울려대는 날카로운 전화 벨 소리에 어네스트와 할머니는 둘 다 얼굴이 하얗게 질린 채 사색이 되었다. 공포로 온몸이 마비되어, 두 사람이 전화 받을 생각이 들기까지는 자그마치

벨이 열네 번이나 계속 울려대야만 했다.

전화선 너머로 빅투와르가 자못 훈계조로 타일렀다.

"전화가 울리면 받아야지."

놓여진 그 순간부터, 전화는 사방 이십 센티미터라는 실제 넓이 이상의 자리를 차지했다. 언제나 어네스트가 마음을 조리며 대기중이었기 때문이다. 마치 시도 때도 없이 단발마의 비명을 질러대는 병든 아기의 병상을 지키는 엄마처럼. 전화는 여차하면 하루당 놀라움이 일어날 확률을 확 끌어올려 줄 수도 있는 그야말로 하늘같은 존재였다. 저녁이면 사람들이 벽난로 곁이나 텔레비전 앞에 둘러앉듯이, 어네스트와 프레시외즈 할머니는 전화기 앞에 둘러앉았다. 그러곤 어네스트는 그 벙어리 먹통 신한테 빌었다. 제발 그 찌릉찌릉 하는 전자음 신호들을 내어 달라고. 하지만 두 사람이 아는 사람이라곤 손으로 꼽을 정도인 데다가, 그나마 빅투와르마저 계속 전화해 대는 일에 지쳐 그만 나가떨어지고 말았다.

아침이면 어네스트는 전화통에 들러 우울한 작별을 고했으며, 또 저녁에 집에 돌아오면 문지방을 넘어서기가 바쁘게 전화통에 달려가 안부를 묻곤 했다. 어네스트는 전에 누군가가 어리석게도 전화도 없는 집에 넣어 주었던 전화번호부를 생각해 냈다. 그리고 식은 죽 먹기만큼이나 간단하게, 모르레스란 이름을 찾아 냈다. 그렇게 해서 어네스트는 가스파르 모르레스라는 어떤 사람이, 세상에 어처구니없게도, 위험천만하게도, 엎어지면 코 닿으리만큼 가까운 무슨무슨 구(區)에서 살고 있다는 것을 알게 되었다. 어네스트는 달달 외워 버릴 만큼 그 번호가 가슴에 사무치면서도 그 번호를 돌리고픈 유혹을 떨쳐 내려고 애를 썼다. 가스파르에게 전화를 걸고 싶은 욕구를 참아 낼 때마다, 자기에게 빅투와르네 전화번호를 돌릴 수 있는 특전을 내려 주곤 했다. 한데 그럴 때마다 전화를 받는 건 언제나 베냐민이었다. 베냐민은 마치 자기의 제일 친한 친구라도 대하듯 스스럼없이, "잘 지내냐?"란 다정한 인사로 어네스트를 반가이 맞아 주곤 했다. 어네스트는 "잘 지내, 형은?"이란 말말고는, 더 무슨 말을 해야 할지 늘 막막하기만 했다. 하지만 베냐민에게는 자기네 혹성에서 벌어지는 일만으로도 화젯거리가 무궁무진했다. 베냐민은 누구 하나 빼먹는 법 없이 그 많은 식구들 소식과, 아파트 이웃들 소식, 텔레비전 뉴스들까지도 시시콜콜 전해 주었다. 때로는 어네스트에게 자기 우표 수집첩에 새로이 더해진 수확거리들을 얘기하기도 했다. 어네스트는 우표에 대해선 전혀 아는 바가 없었지만, 베냐민의 그 열광적인 취미를 함께 나누는 것이 그저 좋기만 했다.

몽타르당 집에는 없는 게 없었다. 아버지의 파란 눈에서부터, 엄마의 옅은 밤색 눈하며, 그냥 밤색 눈에, 짙은 밤색 눈까지. 하지만 베냐민을 바라볼 때만은 머리가 어지러울 정도로 이만저만 거북스러워지는 게 아니었다. 베냐민만이 유독 빨간 신호등 같은 빨간 머리에 초록 신호등 같은 초록 눈인데다가, 마치 평화를 염원하는 하얀 깃발마냥 천성이 조용하기만 했던 것이다. 책상에 앉아서 우표 신선놀음으로 세월 가는 줄 모르고 밤을 지샐 수 있는 사람도 베냐민이었지만, 또 전화가 왔다 하면 득달같이 달려 나가 세상 만방에 안부를 전하는 사람도 어김없이 베냐민이었다. 베냐민은 백로 형제들 가운데 낀 한 마리의 까마귀였다. 유독 베냐민만이 반에서 우등생 축에 들지 못하는 탓이었다. 베냐민은 우표로 읽기를 배웠으며, 우표를 통하여 지리를 익혔고, 우표를 주제로 하여 비로소 역사와 자연과 문학을 돌아보게 되었다. 무엇보다도 베냐민은 우표 수집첩들을 첩첩이 펼쳐 놓고 그 조그만 그림들을 하나하나 알맞은 칸에다 끼위 넣기를 무지무지 좋아했다. 어쩌다 무슨 특별한 날이 돌아올 때마다 베냐민이 받는 선물은 예외 없이 늘 우표 수집 앨범들이었다.

베냐민은 만나는 사람들 누구에게나 우표를 부탁했다. 심지어 어네스트에게까지도.

"혹시 재미있어 보이는 봉투를 받게 되면, 꼭 나한테도 좀 보여 주라."

"미안해. 형. 보다시피. 내가 우체부 아저씨에게 생전 뭘 받아 보았어야 말이지. 우체국이 파업을 해도 난 아무 지장이 없다니까."

그러면서도 어네스트는 언제부터인가, 그러니까 자기가 편지 한 통을 부쳤다고 말할 수 있는 그 때부터 습관처럼 꼬박꼬박 우편함을 들여다보곤 했다. 그러다가 베냐민과 얘기를 한 이틀 후인가에, 나무로 된 새집 모양의 우편함 속에서 웬 편지 봉투 하나를 발견하게 되었다. 어네스트 모르레스 앞이라고 씌어 있고, 흔히 볼 수 있는, 프랑스 공화국이라고 표시된 일반 우표가 붙은 갸르스름한 봉투였다. 어네스트는 가슴이 콩당콩당 뛰었고, 이마엔 구슬 같은 땀방울이 송글송글 맺혔다. 어네스트는 차마 편지를 열어볼 수가 없었다. 자기 방에 올라가, 한시도 셔츠에서 떨어지는 법이 없던 타이마저 끌러 내고, 침대에 걸터앉았다. 어네스트는 봉투의 봉한 자리를 조심스레 떼어 내고는, 바야흐로 자기 가슴에 일대 파문을 터뜨릴 문제의 포탄을 펼쳐 읽기 시작했다.

친구 어네스트에게

안녕! 행복한 생일, 보람찬 새해, 즐거운 성탄 맞기를. 행운을 빌며. 즐거운 여행이 되기를. 건강하길. 해피 버스데이. 즐거운 추수감사절 보내길. 아무튼 축하, 축하. 그리고 뜻하는 모든 일마다 언제나 행운이 함께하길. 좋은 하루를 보내길. 해브 어 굿 데이!
친애하는 어네스트 모르레스 군. 네게 보내는 나의 이 진정한 우정과 진심 어린 포옹을 부디 받아 주길 바라며. 이만 총총.

친구 베냐민으로부터.

추신) 일전에 네가 생전 편지 한 번 받아 본 적이 없다고 하길래. 자, 이젠 됐지!

12
엘로디

　학교에 오니, 책상 위에 두 번째 편지가 놓여 있었다. 그야말로 편지가 쇄도하는 것이다! '본인의 생일 파티에 귀하를 초청하오니, 부디 왕림해 주시기 바랍니다.'

　카드 겉면에는 케이크며 풍선, 알록달록한 색색의 그림과 함께 시간과 장소가 적혀 있었으며, 밑에는 이런 말이 씌어 있었다. '네가 꼭 오겠다고 약속한 거니까 까먹지 마. 엘로디.'

　어네스트는 엘로디가 빅투와르와 자기를 함께 초대했던 것까지는 기억이 나지만, 가겠다고 한 말은 통 기억나지 않았다. 어네스트의 사전엔 좀처럼 없던 일이긴 했

으나, 그래도 어쨌든 이제부터는 인생의 도도한 흐름을
거스르지 말자고 스스로에게 단단히 다짐을 했다. 초대
를 받았으면 가야지. 사람들을 만날 기회가 주어진다면
만나지, 뭐. 새로운 사람들을 알게 되는 일보다 더 경이
롭고, 거창하고, 신기한 게 또 어디 있단 말이야? 어네
스트는 사람들을 거의 알지 못한 채 벌써 인생 초반 십
년을 후딱 넘기고 말았다. 이제라도 자신의 뒤쳐진 인생
을 부지런히 만회해 볼 생각이었다. 어쨌든 거기에 가면
빅투와르는 볼 수 있을 테니까.

　빅투와르가 병이 난 지도 벌써 일 주일이 지났다. 그
애가 없는 한, 어네스트도 반 쪽만 있을 뿐이었다. 어네
스트는 둘이서 함께 쓰던 책상에 이쪽과 저쪽을 가르는
금이라도 쳐져 있기나 한 것처럼, 차마 그 이상을 넘을
수가 없었다. 마치 그 금이 빅투와르의 팔꿈치라도 되는
양, 그랬다가 행여 자기가 그리는 마음 속의 빅투와르를
으스러뜨리기라도 할까 봐. 그 앤 없었지만 어네스트에
게는 그 애가 여전히, 엄연히, 커다랗게 존재하고 있었
다. 텅 빈 구멍으로 말이다. 어네스트는 어떻게든 그 구
멍에 빠지지 않으려고 에움길로 돌아가려고 했지만, 돌
아가려는 생각에만 너무 골똘해진 나머지 결국은 별수

없이 다시 또 그 구멍에 빠져들곤 했다. 수천 가지 말들을 그 애에게 하고 싶었고 그 애의 수천 가지 말들이며 몸짓들이 그리웠다. 그게 바로 휑하니 뚫린 구멍이었고, 다할 것 같지 않는 허전함이었다. 학교가 알맹이가 빠져 버린 빈 껍데기처럼 휑뎅그렁했다. 이가 없으면 잇몸이 대신 한다지만, 없어선 안 될 사람이란 없다고들 하지만, 어네스트는 그 말이 '틀렸다'고 생각했다. '사람은 누구나 없어서는 안 될, 누구도 대신 해 줄 수 없는 존재들이다. 적어도 그 부모들에게 있어서는!' 어네스트는 어쩌다 자기의 생각이 부모에까지 이르게 되었는지 통 영문을 알 수 없었다. 부모도 없으면서. 때때로 어네스트는 차라리 생각을 끊어 낼 수 있다면 싶었다.

빅투와르가 결석을 한 이후로, 아니 그 전부터, 엘로디는 어네스트의 주위를 맴돌았다. 그 앤 끊임없이 어네스트에게 과자들이며 자질구레한 선물들을 날라다 주곤 했다. 하트 모양의 지우개를, 스마일 얼굴이 그려진 작은 공을, 연필 나부랭이 따위를……. 어네스트는 이만저만 난처한 게 아니었다. 그걸 거절하는 건 곧 엘로디를 무시하는 게 되는데, 그 애를 무시하면 무시할수록 그 앤 더더욱 자기를 좋아하는 것 같았다. 상냥하고 친절한 엘로디, 무슨 일이 있어도 어네스트의 여자 친구가 되고야 말겠다는 엘로디, 어네스트가 자기를 좋아해 주었으면 하고 바라는 엘로디, 하지만 어네스트는 그런 엘로디를 좋아할 수가 없었다. 우정이란 억지로 되는 일이 아니다. 그러면 그렇고 아니면 아닌 거다. 느닷없이 밀어붙여서 우정이 된다면, 그건 말하자면 일종의 기적이랄 수 있다.

자리를 바꾸기 위해 일부러 짝 크리스토프가 자기를 못살게 군다고 담임 선생님한테 거짓으로 일러바친 그런 엘로디의 술수가 어네스트는 맘에 들지 않았다. 그렇게 해서 드디어 어네스트의 옆자리에 앉기에 성공한 엘로디가 영 못마땅하기만 했다. 어네스트에게는 빅투와르의 자리에 다른 누군가가 앉아 있는 것을 보는 것만으로도 참을 수 없는 신성 모독처럼 느껴졌다. 어네스트는 욱하고 치밀어 오르는 마음에 한껏 몸을 웅크려 조그맣게 조그맣게 똬리를 쳤다. 엘로디의 손 끝 하나라도 결코 자기 몸에 닿지 못하게 하려고 말이다.

용케 어네스트네 전화번호까지 알아 낸 엘로디가 저녁마다 전화를 하여 파티가 토요일에 있다는 것을 알려 주었다. 어네스트는 어떻게 하면 약속을 취소할 수 있을

지도 떠오르지가 않았을 뿐더러, 또 설령 자기가 좋아하지 않는 친구일지라도, 친구는 친구라는 생각이 들기도 했다. 그 친구도 나름대로 감정과 상처받기 쉬운 연약함을 지니고 있을 것이다.

빅투와르는 좀처럼 나아질 기미가 보이지 않았다. 게다가 빅투와르는 번번이 면회 일체 사절이라고 못을 박았다. "아서라! 여기가 어디라고 겁도 없이, 세균이 우글거리는 소굴이란 말이야. 하지만 우리 엄마가 그러는데, 내가 이번 주말까지만 열없이 무사히 넘기면 다음 주 월요일부터는 학교에 가도 된대. 아마 네가 한참 뒤쳐진 거북이 여자 친구 때문에 골치 꽤나 썩을 거야."

"지레 겁먹고 허둥댈 필요 없어. 그 때 가서 시작해도 늦지 않아. 시작이 반이라잖아."

"어네스트 라 퐁텐 군(17세기 프랑스 시인이자 문필가인 장 드 라 퐁텐을 빗대어 말한 것임. 토끼와 거북, 개미와 베짱이 등의 교훈적 이야기를 전하는 라 퐁텐의 우화로 유명하다/옮긴이주), 정말이지 넌 불과 열한 살의 어린 나이에 학식과 덕망을 두루 갖춘 프랑스 최고의 남자야."

"거기까지는 모르겠지만 난 지금 숙제 같은 그 놈의

파티인지 뭔지 때문에 가장 골치 아픈 남자인 건만은 확
실해."

"선물은 뭘로 샀니?"

"사다니? 선물씩이나?"

"그럼, 생일이면 선물을 갖다 줘야지."

어네스트는 한 번도 생일 선물이란 걸 받아 본 적이
없었다.

"거기까지는 미처 생각하지도 못했어. 책이 어떨까?"

어네스트의 수준에서 생각해 낼 수 있는 거라곤 책이
고작이었다.

"엘로디는 읽는 거랑은 담 쌀 애야."

"아마 좋은 책을 접할 기회가 없어서 그랬을 거야."

"과자를 갖다 주지 그러니. 갠 늘 과자를 입에 달고
다니던데. 아 이렇게 하면 되겠다. 내일 내가 초콜릿 트
뤼프를 만들어서, 오빠 아무나한테 너에게 갖다 주라고
하지 뭐."

"공연히 성가시게 그러지 마. 내가 알아서 찾아볼
게."

"부담 갖지 마. 나도 은박지 석 장 얻겠다고 하는 일
이니까."

어네스트는 파티 장소로 향하면서 스스로를 다독거렸다. "거기도 엄연한 문명국이라고, 아무렴 걔네들이 날 잡아먹기야 하려고."

할머니는 어네스트의 새로운 출정을 그다지 썩 반기는 기색은 아니었지만, 한 마디 외에 더는 말이 없었다. "다 컸구나." 마치 무슨 저주의 주문이라도 외듯 몇 번이고 할머니는 그 말만을 되뇌였다. 할머니의 아버지는 성년이 되자 전쟁터로 나갔고, 할머니의 남편도 그랬다. 그들은 영영 돌아오지 않았다. 할머니의 아들 또한 어른이 되자 집을 나갔다. 어른이 된다는 것은 떠남을, 사라짐을 의미했다. 혹시 할머니는 어네스트가 무슨 식인종들의 저녁 파티에 초대된 거라고 여기는 건 아닐까?

어네스트는 초인종을 누르고 빅투와르의 회심의 역작인 트뤼프 선물 꾸러미를 내밀었다.

"고마와."란 말 한 마디뿐, 엘로디는 선물을 끌러 볼 생각도 하지 않았다. 엘로디네 파티에는 오색의 풍선들도, 찬란한 조명들도, 초대되어 온 손님들도 없었다. 단지 눈이 휘둥그레질 정도로…… 아무 장식 없는, 텅 빈 거실뿐이었다. 그 살풍경함 속에서 엘로디만이 치장하고, 화장하고, 다 큰 숙녀처럼 꾸미고 있었다. 심지어 그 앤, 앙리에트의 뾰족 굽만큼은 아니었으나 어쨌든 납작 굽보다는 훨씬 높은 구두까지 챙겨 신고 있었다. 어네스트는 왜 엘로디가 가장 무도회라는 걸 미리 알려 주지 않았을까 하고 의아해했다.

어네스트는 사교 생활에 대해서 전혀 아는 바가 없었지만, 그래도 웬만큼 눈치코치는 있어 지금 자기 꼴이 고지식하게 시간 맞춰 일등으로 파티에 도착한 촌닭 신세임은 알 수 있었다.

"앉아."

어린 안주인이 청했다. 어네스트는 엘로디도 혹 부모님이 없는 건 아닌가 하고 못내 궁금했지만 차마 묻지 못했다. 그 애가 꼭 이 광활한 아파트에 혼자 살고 있는 것만 같아 보이니 말이다.

"뭘 마실래? 위스키? 파스티스(아니스 향료를 넣은 술/옮긴이주)? 포르토(포르투갈산 포도주/옮긴이주)?"

빅투와르와 사귄 덕분에, 이젠 어네스트도 엘로디의 그 말이 농담이라는 것을 조금은 이해할 수 있는 주변머리가 되었다.

"고맙지만 사양하겠어. 별로 목마르지 않거든."

"한 모금만 해."

엘로디는 병들이 즐비한 찻장을 열어 잔 두 개에다 짙은 황갈색의 액체를 따랐다. 그제서야 어네스트는 그 애가 농담을 한 게 아니란 걸 깨달았다. 엘로디는 "건강을 위하여!"라고 외치며, 촌닭 어네스트의 손에서 어쩔 줄 몰라 갈팡질팡하는 잔과 건배를 했다.

예의상 어네스트는 한 모금을 마신 뒤 그게 결코 두 번 다시 삼킬 게 못 된다는 것을 확인했다. 반면 엘로디는 제법 홀짝거려가며 몇 모금을 마셨다. 달리 얘기할 거리도 없었던 어네스트는, 묵묵히 앉아서 이제나 저제나 하며 오로지 구원군들이 들이닥치기만을 기다렸다. 엘로디가 먼저 대화의 창을 열었다.

"요즘 뭐 재미난 새로운 일 없니?"

지금 자기 신상에 벌어지고 있는 그 많은 새로운 일들을 일일이 주워 담으려면 아마도 말들이 일대 교통체증을 일으킬 것이다. 그러나 어네스트는 단 한 마디로 엘로디의 질문을 일축했다. "거실이 예쁘구나." 어네스트는 "예쁘다"란 말을 좋아하지 않았다. 어네스트가 좋아하는 건 "아름답다"란 말이었으나, 그 말은 좀 과분한 표현이라는 생각이 드는 데다, 비축하고 있는 어휘 재고량이 풍부하지 못한 탓에 실내장식에 어울릴 만한

뭐 그럴 듯한 형용사들이 아무리 뒤져 봐도 떠오르지가
않았다.

"우리 엄마는 두 달에 한 번씩 실내장식을 바꿔. 당
분간은 거추장스러운 것 없는 빈 공간이 좋으시대. 피스
타치오 좀 줄까?"

"아니 괜찮아."

계속 문만 바라보면서 어네스트가 대꾸했다.

"내가 너무 일찍 왔나 보다."

"아니, 시간 맞춰 정확하게 왔는데, 뭘."

"그럼 딴 애들은?"

"난 왁자지껄한 파티는 질색이야. 오순도순 마주 앉
아 밀착 대화를 할 수 있는 모임을 선호하는 편이지."

"하지만 넌 빅투와르랑 우리 반 애들 전부 다 초대했
었잖아, 아니야?"

"빅투와르가 병이 난 걸 알고는 딴 아이들도 다 취소
해 버렸어. 우리 둘이 서로를 알기엔 더할 나위 없는 좋
은 기회잖아."

"더 알아볼 게 뭐가 있니. 우린 날마다 보는데."

"하지만 단 둘이서만은 아니잖아."

한동안 이어지던 침묵을 깨고, 어네스트가 말했다.

"내가 가져온 그 초콜릿 트뤼프, 빅투와르가 만들어 준 거야."

"오, 그래. 빅투와르가! 넌 걔가 좀 뻔뻔스럽게 군다고 생각되지 않니?"

"뻔-뻔-스-럽-다고?"

"그래. 애가 좀 뻔뻔스러워야지."

"그러길 천만다행이다! 빅투와르가 그 뻔뻔스러운 배짱을 내게도 좀 나눠 주었더라면……. 빅투와르는 아무것도 꾸미지 않아. 얼마나 솔직하고 씩씩한데. 걘 정말 대단한 애야!"

"걔가 얼마나 못돼먹은 계집앤데!"

어네스트는 그 말에, 코가 다 얼얼해지도록 된통 한 방 얻어맞은 것 같은 충격을 받았다. 상처 받은 어네스트가 엘로디를 노려보았다. 어네스트의 두 눈이 해명을 요구하고 있었다.

"너도 알 거야. 걔가 널 좋아했던 건 순전히 널 동정해서 그런 거라고. 걔가 아무에게나 대고 얼마나 떠벌이고 다녔는데. '가엾은 어네스트, 걘 엄마도, 아빠도, 형도 누나도 없이 정말이지 무덤 속에서 살고 있는 애야.' 하고 말이야."

"그럼 너도 다 알고 있겠구나."

"빅투와르가 안다면, 세상 모두가 다 아는 거야. 혹시 너도 네 자신의 인적 사항이 알고 싶다면, 우리 반 아이들 아무나 붙잡고 한번 물어 보렴."

"네가 이미 다 알고 있다면, 이런 둘만의 만남을 굳이 계속할 필요도 없겠다."

"하지만 애, 넌 나에 관해선 하나도 모르잖니."

"나도 알고 싶은 만큼은 다 안 것 같아. 잘 있어."

13
잇사갈

빅투와르가 '감염될지도 모르니 절대로 방문하지 말
라'고 수차례 경고했음에도, 어네스트는 엘로디네 집을
나오기가 무섭게 곧장 빅투와르네로 달려갔다. 목에 청
진기를 두르고 입엔 마스크를 한, 스물한 살짜리 가족
주치의인 잇사갈이 문을 열어 주었다. 입을 가린 탓인
지, 그의 말은 꽤나 알아듣기가 어려웠다. "여기 들어
오는 자는 즉사할 우려가 있음." 잇사갈은 아직 새내기
의대생이었지만, 제 딴엔 자기가 무슨 콜레주 프랑스(일
종의 평생 고등교육기관으로, 이 곳에서는 프랑스뿐만 아
니라 전세계의 석학들이 교수로 등용되어 수준 높은 공개

강의를 한다 / 옮긴이주)의 석좌교수쯤 되는 줄 알고 있었다. 하긴 누구나 가끔은 얼마 안 되는 얕은 지식만으로도 뭐든 다 아는 줄로 착각하기 마련이니까. 잇사갈은 C형 간염이며, 암, 에이즈, 세포판 경화증, 내출혈 그리고 그 밖의 다른 신체 이상 징후들에 대한 최첨단 이론들을 설파하는 것을 낙으로 삼았다. 그렇지만 그가 가장 좋아하는 분야는 뭐니뭐니해도 단연 정신과였다. 잇사갈은 늘 신경증이라느니, 강박관념이라느니, 또 무슨 과대망상이라든가, 조울증, 나르시즘 따위의 용어들을 섞어가며 말을 하곤 했다. 그는 툭하면 이런 말을 했다. "이건 정말 못 말리는 선천적 만성 질환이로군."

잇사갈은 형제들을 늘 초긴장 상태로 몰아 놓곤 했다. 조금이라도 그 비슷한 증세를 보인다 싶으면 여지없이 잇사갈이 곧장 불치병이라는 선고를 내렸던 것이다. 일찍이 꼬마 때부터 병원을 개업했던 그는 늘 자기 단골 환자들에게 붕대를 감아 주는 게 일이었다. 환자들이 아프건 안 아프건 상관이 없었다. 꼬마 잇사갈은 냉장고에서 남아도는 것들을 퍼다가 손가락으로 요리조리 굴려가며 알약들을 만들었다. 자기 집 환자만으로도 그의 병원은 늘 북적대었다. 그 잇사갈이 마스크를 벗어 다짜고

짜 어네스트의 얼굴에 철커덕 갖다 붙이면서 말했다.
"난 이미 면역이 되었거든."

어네스트는, 너무나 형제가 많다 보니 이방인들조차
도 형제 대하듯 하는 이 집에 다시 발을 들여 놓게 된
것이 뿌듯했다. 그 집에 들어서기만 하면 자동적으로 그
들 형제의 일원이 되는 것이다.

"빅투와르는 자고 있어. 걘 이틀 동안 내리 자면, 말
짱 다 나아서 월요일엔 학교를 갈 수 있다고 생각하는
모양이야. 내가 가서 좀 깨워 볼게."

"일부러 깨우지 마세요."

집 안의 온갖 왁자지껄한 소음을 제압하자니, 자연
몽타르당네 텔레비전 소리는 언제나 클 수밖에 없었다.
학교에도 한 대 있었기 때문에 어네스트도 텔레비전이
란 걸 알고는 있었지만, 한 번도 한가롭게 앉아서 텔레
비전을 본 적이 없었다. 자기가 그 정도라면, 할머니는
생전 텔레비전 구경도 못 해 보았을 게 틀림없었다. 약
장수처럼 떠들어대는 그 상자가 전세계를 떡 주무르듯
하고 있는 모양이었다. 단과 베냐민, 그리고 잇사갈이
제레미를 데리고 거실 소파에 앉아 텔레비전을 보고 있
었다. 콧물과 눈물과 침이 질질 흐르는 제레미가 베냐민

의 무릎에 꼼짝도 않고 제법 의젓하게 앉아 있는 모습이, 꽤나 상자 속의 토론에 열중해 있는 듯 보였다.

"이리 와 봐, 어네스트. 여기서 아주 재미있는 거 한다." 단이 불렀다.

어네스트가 토론 내용들을 이해하려 애를 쓰는 동안, 단의 시선은 무엇 하나 놓치지 않으려는 듯 텔레비전 화면과 어네스트 사이를 쉴 새 없이 오가고 있었다.

"역사에 관한 좌담 프로야. 살아 있는 기라성 같은 역사가들이랑 작가들이 다 초대되어 나왔어." 베냐민이 어네스트에게 설명했다.

"그럼 뭐 죽은 사람들을 초대했을라고."

잠이 깬 빅투와르가 부스스한 파자마 차림으로 궁시렁대며 거실로 나왔다. 빅투와르는 연달아 밭은기침을 해대는 사이 어네스트를 알아보고는, 깜짝 놀라 물었다.

"어머, 네가 여기 웬일이니? 엘로디네 안 갔어?"

"엘로디네 파티에서 도망쳐 나왔어."

"왜, 별로였니? 누구누구 왔는데?"

"엘로디."

"걘 빼고."

"그리고 멸종되어 가고 있는 천연기념물 하나."

"애, 난 오늘 앞뒤로 꽁꽁 막혔으니까 쉽게 말해. 누구?"

"나!"

"그리고 또?"

"지금까지 보고한 게 참석자 명단 전부야."

"맙소사! 그래 너희 둘이서 뭐 했니?"

"사랑!"

어네스트는 자기 입에서 왜 이런 대답이 튀어나왔는지 정말 알다가도 모를 일이었다.

"엘로디, 넌 이제 내 손에 죽었다! 내 손에 죽었다고!"

"쉬이이이잇!" 단이 쉬쉬거렸다.

"우!" 제레미가 거들었다.

"텔레비전 좀 보자!" 베냐민이 말했다.

"그 계집애가 꾸민 일이야. 함정이었다고!"

"그뿐이 아냐. 걔가 네 대신 내 옆자리에 앉았어."

"그러는 넌, 어네스트 모르레스, 걔가 그러는 동안 넌 꿔다 논 보릿자루였니!"

어네스트는 할 말이 없었다.

"그 계집애, 가만 안 놔둘 거야. 두고 봐, 내가 그냥 넘어갈 줄 알고!"

"별일 아닌데 뭘."

"어네스트, 이거 하난 알아둬. 난 너를 위해서라면 언제라도 기꺼이 싸울 각오가 되어 있다고!"

"나도, 빅투와르 널 위해서라면."

"내 이름이 뭐 그냥 승리라니."

"쉬! 와. 저 분이 텔레비전엘 다 나오다니!"

그만 소파 위에 몸져눕고 만 빅투와르가 어네스트에게 말했다.

"가까이 오지 마."

그 때 몽타르당 아저씨가 우렁차게 "안녕"을 외치며 집 안으로 들어왔다. 이어서 몽타르당 아줌마가, 그리고 나갔던 몽타르당 형제들이 속속 들이닥쳤다. 각자 저마다 독특한 음향 효과를 내면서.

"쉬이이이이이이잇!"

제레미가 무릎을 바꿨다. 베냐민에게서 마스크를 쓴 어네스트에게로 자리를 옮겨 어네스트의 얼굴에서 마스크를 낚아챘다.

단이 어네스트를 뚫어져라 쳐다보며 말했다.

"내 눈이 어떻게 됐나, 왜 저 양반이 너랑 똑같아 보일까?"

"특히 마스크를 썼을 때."

어네스트가 말하고 있는 그 남자의 얼굴 생김새를 하나하나 찬찬히 뜯어보니 정말 그랬다. 꼭 자기 얼굴을 들여다보는 것 같았다. 똑같은 코, 똑같은 입, 똑같은 눈, 턱 한가운데가 움푹 패인 것까지도 똑같았다. 눈, 코, 입, 턱이 있는 거야 누구나 다 똑같겠지만, 일 밀리미터라는 한 끝 차이만으로도 잘생기고 못생기고가 뒤바뀔 수가 있는 것이다.

"우아, 저 남자 되게 잘생겼다! 꼭 영화 속 주인공 같아!" 빅투와르가 감탄을 연발했다.

잘생겼다는 말을 들을 때마다 언제나 마음이 편치 않았던 어네스트가 볼멘소리로 말했다.

"잘생겼다는 게 뭐길래! 인생에는 그것말고도 중요한 게 얼마든지 있잖아, 안 그래?"

"하지만 뭐니뭐니해도 그게 제일 먼저 보이는 걸 어떡해!"

"쉬! 저 분이 바로 네 그 책의 작가란 말이야!"

어네스트는 화면을 뚫어져라 쳐다보다가 하마터면 다가가서 유리판 밑의 얼굴을 만져 볼 뻔했다.

"가스파르 모르레스 씨, 선생님은 부친의 비밀을 알고 계셨습니까?" 텔레비전의 아나운서가 물었다.

"전 제 아버지를 모릅니다. 아버진 제가 태어나기 전 1940년 전방에서 전사하셨으니까요."

'나도 내 아버지를 몰랐어. 한데 지금 아버지와 한 방에 있다니…….' 어네스트는 생각했다.

"저 분이 네 친척이시냐, 어네스트?" 몽타르당 아저씨가 물었다.

무슨 허깨비라도 본 사람처럼 하얗게 질린 어네스트가 대답했다. "우리 아빠 같아요." 그러곤 속으로 중얼거렸다. '그리고 전 보나마나 아빠의 비밀일 테고요.' 사실 어네스트는 그 사람이 자기 아빠란 것을 분명히 알고 있었다. 어네스트는 그 얼굴을, 할머니의 침대맡 테이블에 놓여진 그 얼굴을 가슴에 사무치도록 기억하고 있었던 것이다. "아빠 하길 원치 않는 아빠도, 아빤가요?" 어네스트가 웅얼거렸다. 들릴 듯 말 듯 기어들어가는 소리로.

인터뷰가 끝났다. 그런데도 어네스트는 움직일 줄을 몰랐다. 어쩌면 어네스트는 자기가 눈길을 돌리지 않으면 화면이 이내 되돌아오리라고 생각했는지도 몰랐다.

끓어오르는 열망과 좌절로 어찌나 붉게 달아올라 있었던지, 그 무엇으로도 그 자리에서 붙박혀 버린 어네스트를 움직이게 할 수는 없을 것 같았다. 더군다나 제레미마저도 아예 어네스트의 무릎에 꽁지를 박은 듯 꼼짝 안 했다.

"그럼 넌 아빠를 알고 있었단 소리잖아." 베냐민이 물었다가 이내 물은 걸 후회했다.

"아빤 제가 태어나자마자 사라졌어요. 할머니는 아무 것도 말씀해 주지 않으세요. 그것마저도 비밀인가 봐요. 전 비밀이 싫어요! 사람은 누구나 서로 얘기를 나눌 수 있어야 하는 것 아닌가요? 우리가 뭐 저 혼자 숨바꼭질 놀이나 하자고 이 세상에 나온 것은 아니잖아요. 진실을 찾고 진실을 말해야지요. 큰 소리로 당당하게 말이에요!"

"그건 누구에게나 힘든 일이야." 몽타르당 아줌마가 말했다.

"그럼 뭐 때문에 살아요?"

"아빠도 나름대로 그럴 만한 사정이 있었을 거야."

"그 때 전 태어난 지 겨우 사흘밖에 안 되었어요. 그 짧은 동안에 제가 아빠한테 무얼 어떻게 했길래요?"

어네스트는 울지 않으려고 이를 악물었지만, 얼굴은 이미 눈이 쓰릴 정도로 눈물과 콧물로 범벅이 되어 있었다. 빅투와르가 독감 바이러스들이 우글거리는 몸을 이끌고 어네스트 곁으로 다가와 머리를 쓰다듬었다.

"하지만 한 번도 그런 생각을 해 본 적은 없어요. 그냥 할머니랑 살았고, 또 그게 이상한 건 줄도 몰랐어요. 이 집에 오고 나서야 비로소 다르게 살아가는 방법들도 있다는 것을 알았어요."

"어떻게 살든, 집집마다 어려운 일들은 늘 있기 마련이란다." 몽타르당 아줌마가 끼어들었다.

"우리가 너한테 상처를 주었나 보구나." 베냐민이 말했다.

"아니, 그 반대였어요. 빅투와르네 사는 걸 보니까, 저도 할머니와 얘기를 나누며 살고 싶다는 생각이 들었어요. 그제서야 할머니는 아빠가 살아 있다는 사실을 말씀해 주셨어요. 그러고 나서 어쩌다 우연히 그 책을 발견하게 되었고, 또 전화번호부를 뒤져서 아빠가 이 도시에 살고 계시다는 걸 알게 되었어요. 그토록 꿈 속에서 찾아 헤맨 아빠가 말이에요. 도대체 제가 뭘 어떻게 했길래 아빠가 날 그처럼 영원히 버리셨는지 모르겠어요."

"그건 아마 할머니와 아빠 사이에 뭔가 안 좋은 일이 있었던 탓일 거야."

"그런데 비겁하게 날 버리고 가 버린 그런 아빠에게 뭘 더 바라겠다고 난……."

"모르긴 몰라도 아빠 나름대로 피치 못할 사정이 있었을 테지……."

"아니면 정신착란증이나 아주 심한 우울증 환자였을 거야." 잇사갈이 말했다.

"한 마디로 그냥 새까맣게 까먹어 버리고 만 거지, 뭐. 사정은 무슨 사정." 베냐민이 끼어들었다.

제레미가 외마디 "우!"로 베냐민의 말에 동의했다.

자기 집에 온 손님의 지금 심정이 어떨지를 충분히 헤아릴 수 있었던 몽타르당 아줌마가 잘라 말했다.

"오늘 저녁엔 우리와 함께 있자꾸나."

"고맙지만, 할머니께서……."

"누가 가서 모시고 오면 돼."

"할머니는 습관처럼 늘 해 오던 일이 아니면……."

"습관 따위야, 이따금 한 번씩 무시해 버리는 것도 그리 나쁘진 않지."

단이 자동차 열쇠를 들고 일어나려는데, 잇사갈이 말

렸다.

"경솔한 일 아닌지 모르겠군. 노약자를 이런 세균들 속에 무방비로 노출시킨다는 게."

"아무래도 안 되겠어요. 오늘은 그냥 집에 가야 할 것 같아요. 고맙습니다만, 다음 기회에……."

단이 문 앞까지 어네스트를 배웅해 주면서 넌지시 일러주었다.

"일전에 네가 부탁한 그 편지 말이다, 내가 주소를 알아내 부쳤어."

14
자네트 아줌마

집에 돌아오니 전혀 생각지도 못한 뜻밖의 장면이 어네스트를 기다리고 있었다. 소파에 앉아 퀭한 눈으로 거실 찻장 쪽을 바라보는 할머니의 얼굴에 이루 말할 수 없는 슬픔이 담겨 있었다. 어네스트는 전화기 바로 옆, 그러니까 문제의 편지가 숨겨져 있는 그 찻장 위에 소형 텔레비전 한 대가 오롯이 앉아 있다는 게 도저히 믿어지지가 않았다. 어네스트는 천장을 올려다보았다. 하늘에서 그 기계가 떨어지는 바람에 혹시 천장에 구멍이라도 나지 않았나 확인을 하려고 말이다. 텔레비전은 소리를 있는 대로 높여 놔서 귀가 다 멍멍해질 지경이었다. 할머니가 소리를 조절할 수 있다는 것을 모르고 있었던 게 틀림없다.

"어디서 난 거예요, 할머니?" 어네스트가 물었다.

그러나 할머니의 눈빛엔 여전히 두려움이 가득했다. 그제서야 어네스트는 할머니도 텔레비전에서 자기가 본 것과 똑같은 허깨비를 보았다는 것을 알아차렸다.

"할머니도 보셨군요……. 할머니도 아빠를 보신 게 틀림없어요."

할머니가 힘없이 고개를 떨군 채 눈을 감았다. 누구라도 그런 할머니의 모습을 보았다면, 단박에 사망 선고를 내렸을 것이다. 만일 할머니의 얼굴 위쪽에 빼꼼 벌어져 있는 두 개의 틈들 사이로 이슬 같은 눈물방울이 질금거리다가 이내 도랑으로 변해 콸콸 쏟아지지만 않았다면 말이다. 제 아무리 두 눈을 질끈 감는다 해도 눈물에게만은 결코 당해 낼 재간이 없는 것이다.

세균이 전염성이라면 눈물도 마찬가지다. 어네스트도 할머니 곁에 털썩 주저앉아 목이 터져라고 엉엉 울었다. 그렇게 두 사람은 오래오래 울었다. 두 사람 가슴 속의 메마른 평원들이 촉촉이 젖어들 때까지. 할머니가 먼저 마음을 가라앉히고 말했다.

"자네트랑 앙리에트가 막무가내로 텔레비전을 놓고 갔지 뭐냐. 두 모녀가 얼마 전에 새로 나온 신형이라며 한 대 사 둔 게 있는데, 자기들 도와 주는 셈치고 잠시 그걸 좀 맡아 줄 수 없냐고 사정을 하는 게야."

"저도 그 사람 봤어요, 할머니. 텔레비전에서 봤다고요. 어떻게 된 건지 말씀해 주세요. 왜 아빠가 우리 곁을 떠난 거예요? 할머니가 아빠한테 뭐라고 야단을 치셨길래요?"

"할미는 네 애비 맘을 이해해. 내 속으로 낳아 내 손으로, 나 혼자서 키워 낸 자식인걸. 참으로 내겐 금쪽 같은 아들이었지. 지금도 그렇고."

"아빠를 찾아 보려고는 하셨어요, 할머니?"

"아니. 자랄 때나 엄마지, 크면 소용도 없어. 자식들은 다 때가 되면 언젠가 떠나기 마련이란다."

"하지만 나는요, 아빠 날 버렸잖아요!"

할머니는 어깨를 들썩이며 크게 한숨을 내쉬었다.

"할머니, 무슨 일이 있었는데요?" 어네스트가 다그쳐 물었다.

"할미도 몰라. 아마 당당히 맞설 용기가 없었던 게지. 애비에게 굳은 의지를 심어 주지 못한 게 다 이 할미 탓만 같구나. 아무리 내 속에서 나온 자식이라지만 난들 그 속을 알 수가 있어야지."

"보니까, 뭐 그리 괴로워하는 것 같지도 않던데요, 뭘."

"저 혼자 속으로 괴로워하는 사람이 더 괴로운 법이야. 다른 사람의 고통을 안다고 큰소리 칠 수 있는 사람은 아무도 없어."

어네스트가 일어나 아까부터 저 혼자 미친 듯이 왕왕대고 있던 텔레비전을 껐다. 소리가 끊기자, 할머니도 어네스트도 속이 다 후련해지는 것 같았다.

"제가 아빠에게 편지를 한 장 썼었어요, 할머니."

자네트 아줌마가 기꺼이 자청하여 딸 앙리에트의 일을 도와 주겠다고 나섰다. 앙리에트가 기운이 달려서가 아니라, 뭐 하나 제대로 갖춰진 게 없는 이 결손 가정에 왠지 정이 갔기 때문이다. 일을 쉬는 날이면 자네트 아줌마는 모르레스네 집에 와서 할머니의 말동무가 되어 주면서, 몽타르당네 일어났던 최근 소식들을 시시콜콜 이야기하곤 했다. 몽타르당 사람들을 가족처럼 여기는 자네트 아줌마였지만, 그 집안이 활기가 넘치고 생기가

166

넘치는 것까지는 그렇다 치더라도, 전반적으로 인구가 넘치는 데에는 늘 두 손 들어 환영할 수만은 없는 노릇이었다.

"아시겠어요, 할머니. 자그마치 열여섯이라고요. 거기에다가 저마다 친구라도 하나씩 달고 들이닥친다고 생각해 보세요. 일개 부대 저리 가라지요. 내가 뭐 단체 손님 환영이라고 간판 내건 식당 아줌마인 줄 아는 모양인지, 원. 하긴, 애들이 날 많이 도와 주긴 해요. 워낙 착한 애들이라서요."

제르멘 할머니를 병원에서 퇴원시켜 모르레스 집에 데려다 놓은 사람도 자네트 아줌마였다. 자네트 아줌마와 앙리에트는 몽타르당네 삼형제와 함께, 방 하나를 새로 칠하고 단장하여 제르멘 할머니를 맞아들일 방을 마련해 놓았다.

야위고 한결 까탈스러워진 제르멘 할머니는 첫눈에 자네트 모녀를 하늘에서 떨어진 은인 대하듯 하기는커녕, 오히려 원수 대하듯 했다. 게다가 두 모녀가 자신의 원칙들을 하나하나 깨부술 때마다 제르멘 할머니의 원한도 무럭무럭 커갔다. 제르멘 할머니가 보기에 두 사람이 내놓는 음식들은 하나같이 유해하기 이를 데 없어 프

167

레시외즈 할머니의 수명을 단축시킬 만한 것투성이였다. 아무리 노부인이 체중이 늘었고, 먹고자 하고 살고자 하는 욕구가 왕성해졌으며, 옷을 차려 입고, 참견을 하고, 일을 벌이고, 심지어는 간간히 심심찮게 웃기까지 한다 해도, 제르멘 할머니의 생각들은 조금도 바뀌지 않았다. 어네스트만 하더라도 그 못돼먹은 패들과 어울려 다니더니만 기어코 건달 티가 줄줄 흐른다고 못마땅해했다.

제르멘 할머니는 앙리에트의 목이라도 조르고 싶은 심정이었다. 자기는 미처 엄두도 내지 못했던 일들을 척척 해치워 버리니 말이다. 그럴수록 제르멘 할머니는 사정이 허락하는 한껏 앙리에트가 하는 일에 훼방을 놓았다. 양념거리들을 어디다 감춰 버리는가 하면 짬만 나면 자기 자릴 가로채 간 인물에 대한 험담을 속닥거려 어떻게든 안주인의 마음을 돌아서게 하려고 애를 썼다. 그러면서 한편으론, 이제 자기도 얼마든지 일을 다시 시작할 만큼 건강해졌으니, 그 무단 침입자일랑 그만 치워 버려도 되지 않겠느냐는 사실을 몇 번이고 일깨웠다. 그러나 프레시외즈 할머니의 생각은 달랐다.

"할멈은 석 달 병가를 받았잖우. 푸욱 쉬구려. 할멈

은 그럴 자격이 있어요. 아암.”

　반면 제르멘 할머니는 텔레비전만은 우상처럼 떠받들어, 아침부터 저녁까지 그 앞에서 떠나지를 않았다. 텔레비전 프로그램을 줄줄이 외웠으며, 세상 그 무엇을 준다 해도 절대로, 자기가 꼽고 있는 연속극들 가운데 하나라도 빼먹을 것 같지는 않았다. 그나마 텔레비전으로 제르멘 할머니의 입을 봉할 수 있다는 데에, 식구들 모두가 흡족해했다.

　빅투와르를 따라서, 빅투와르와 똑같은 증세로 졸지에 어네스트가 병으로 몸져눕게 되자, 제르멘 할머니가 줄곧 의심해 오던 바로 그 ‘못돼먹은 패거리들과 어울려 다닌 탓’이란 것이 보기 좋게 입증되었다.

　하지만 그런 제르멘 할머니도 빅투와르에게만은 꿈쩍도 못했다..

　“사리가 분명한 아이야, 그 앤!”

　하지만 빅투와르가 어떻게 다시 어네스트 옆의 자기 영토를 되찾게 되었는지를 얘기해 주었을 때, 제르멘 할머니는 자신의 판단을 다소 수정하지 않을 수 없었다. 빅투와르는 다만 담임 선생님한테 편지를 한 장 썼을 뿐이란다.

존경하는 선생님께

　선생님께서도 아시다시피, 저희 부모님께서 우리 열여섯 명의 대부대를 주둔시킬 만한 대형 아파트를 구할 때까지, 전 몇 번이나 학교를 옮겨 다녀야 했는지 모릅니다. 선생님의 학급에 들어와 어네스트 모르레스와 그 조그만 섬에서 함께 지내게 되면서부터, 이제야 비로소 학교 생활에 조금씩 적응이 되어 가는 느낌입니다. 어네스트 모르레스는 제게 힘과 용기를 북돋워 주었습니다 (선생님께서도 제 실력이 놀라우리만치 향상되었다는 것을 인정해 주시리라 믿습니다). 또한 저는 선생님께, 우리가 서로 사랑하는 사이고, 나중에 결혼할 사이라는 것을 굳이 숨기고 싶지는 않습니다.

　천부당만부당하게도 엘로디가 제 자리를 가로채 버렸습니다. 물론 그 애도 어네스트를 사랑할 수 있다는 것을 모르는 바는 아닙니다. 하긴 뭐 어네스트의 팬들이 어디 그 애뿐이겠습니까마는! 인생에 있어서는, 갖고 싶다고 해서 뭐든 다 가질 수 있는 것은 아니라고 생각합니다. 한데도 전, 선생님께 확언하건대, 만일 저의 원래 자리로 되돌아갈 수 없다면 사지가 다 와르르 무너져 내릴 것 같습니다. 지금 전 숨조차 제대로 쉴 수가 없는 형편이오니 부디 선생님께서 너그러이 헤아려 주시기 바랍니다. 제발 저의 학업을 생각하셔서라도!(숨을 쉬지 못하는 학생은 당연히 공부도 할 수 없습니다!)

그저 잠시 잠깐 무슨 까탈을 부리는 게 결코 아니랍니다. 죽느냐 사느냐가 걸린 절박한 일입니다. 모쪼록 선생님께서 현명한 판단을 내리셔서, 제가 다시 이상적인 교육 여건 속에서 학업에 정진할 수 있도록 조처해 주시리라고 굳게 믿는 바입니다.

제자 빅투와르 올림.

가뜩이나 빨개진 어네스트의 얼굴이 편지 초고를 읽어 보고는 더욱더 새빨개졌다.

"이거 너 혼자 쓴 거니?"

"뭐랄까, 그……."

"'이상적인 교육 여건'도?"

"그건 단의 발상이었어."

"'사지가 무너진다'는?"

"베냐민 충고."

"'모쪼록 현명한 판단을 내리셔서' 는?"

"시므온."

"제레미는 뭐라디?"

"우!"

"엘로디는?"

"두 곱절로 우! 두 곱절로 웩! 걘 이제 나랑 말도 안해. 잘 된 일이야, 말하기 싫은 건 나도 마찬가지네요."

"멋지다!"

"누가!"

"너희 둘 다!"

"모든 사람을 다 좋아할 수는 없어. 좋아하는 사람들을 좋아하는 것만으로도 행운인 줄이나 알아."

사사건건 적개심을 드러내는 제르멘 할머니와 늘 기상천외한 발상을 시도하는 앙리에트 사이만으로도, 주전 선수로 연일 승승장구하는 프레시외즈 할머니와 대기실 후보 선수로 밀려 난 어네스트와의 관계만으로도 집은 활기가 넘쳤다. 그런데 거기에다가 한 술 더 떠 몽타르당 형제들까지도 어네스트의 말동무가 되어 주겠다는 구실로 하루가 멀다 하고 번갈아 가며 들락거렸다.

거실 찻장 위에 전화와 텔레비전이 놓인 이후로, 어네스트는 다시 편지에 대해 생각하기 시작했다. 혹시 그 편지가 전화와 텔레비전까지 불러모아 할머니와 자기를 다른 삶으로 이끌어 주었던 것이 아닐까 싶기도 했다. 어네스트는 제 방에 틀어박혀 그 편지 해독 작업을 다시 시도해 봐야겠다고 맘을 먹었다. 어네스트가 그 상형문자들을 훑고 있는데 단이 들어왔다. 단이 편지를 보고 외쳤다.

"와아, 드디어 답장을 받았구나?"

어네스트는 씁쓸한 표정으로 고개를 저으며 말했다.

"이건 1차 대전 당시 우리 증조할아버지께서 전방에서 써 보내신 편지예요."

"지금 어른이랑 농담하시나! 어디 이리 내봐!"

단이 휘익 훑어보더니 농담이 아니었음을 인정한다는 뜻으로 의미심장하게 고개를 주억거렸다.

"아무래도 이 분야의 전문가들이, 그러니까 고서 감정가와 고필적 학자, 고문서 학자, 에 또 뭐라더라 고문자 학자나, 아니면 뭐 고리대금업자라도 있어야겠는데, 이 요상한 퍼즐을 풀려면."

"그렇겠죠? 하지만 그런 사람들을 어디서 찾을 수 있

173

나요?"

"내가 알아봐 줄게."

단이 약속을 하고 나가자마자, 곧장 그 뒤를 이어 베냐민이 들이닥쳤다. 여전히 편지는 어네스트의 손에, 봉투는 무릎 위에 그대로 놓여 있었다. 베냐민이 봉투를 집어 들었다 제자리에 놓았다.

"꽤 흥미가 당기는데! 그 편지 나 좀 잠깐 빌려 줄래?"

어네스트는 잠시라도 편지와 떨어진다는 생각을 도저히 받아들일 수가 없었다.

"내 책에서 뭐 좀 잠깐 확인해 보고 싶어서 그래."

"그 책을 여기로 가져오면 안 될까?"

"그래도 돼. 정 그러고 싶다면. 그래 그게 좋겠다. 내가 다시 들릴게. 궁금한 게 있어서⋯⋯. 이해가 가니?"

"가."

어네스트는 대답하며 속으로 생각했다.

가다니, 어디로?

15
가스파르 아빠

감기는 그렇게 왔다가 그렇게 훌쩍 떠났다. 그다지 게으른 편도 아니건만, 어네스트는 침대 위에 꼼짝도 않고 누워서 마냥 이부자리 속에서 뭉기적대는 그 느낌이 좋았다. 침대 바깥엔 세상이, 일이, 사람들이 진을 치고 있었지만, 어네스트와는 아무 상관이 없었다. 아프다는 건 어디까지나 돌아가는 세상 너머로 훌쩍 휴가를 떠나는 일이니까.

어네스트는 다시 학교에 나갔으며, 다시 빅투와르를 찾았으며, 다시 세상과 맺어졌다. 어네스트는 다시 앙리에트의 맛있는 음식을 제르멘 할머니의 가시 돋힌 말들을 들어가면서 먹었다. 그러곤 기다렸다.

어네스트는 편지를 기다렸다. 하루하루가, 한 주 한 주가 아무런 희망도 주지 않고 무심히 흘러가던 어느 날, 우체부 아저씨가 허우적대며 편지가 아닌 거대한 소포를 가까스로 대문 앞에다 끌어다 놓고 갔다.

집 안의 여자들을 들쑤시지 않으려고 조용히, 어네스트는 젖먹던 힘까지 모아서 상자를 제 방까지 질질 끌고 왔다. 꽁꽁 묶인 끈들을 풀어서, 봉해진 테이프들을 떼어 내고, 상자 뚜껑들을 열어젖힌 뒤, 열 권이나 되는 종이 묶음들을 꺼냈다. 묶음마다 연도가 적혀 있었다. 맨 첫 묶음에는 어네스트가 태어났던 해가, 그리고 그 후 지금까지의 아홉 해가 차곡차곡 묶여 있었다. 어네스트는 두 장의 덮개를 젖히고 맨 첫 장을 읽었다.

사랑하는 어네스트에게

나는 네게 내 성을 물려 주고 네 이름을 지어 주었다만, 끝내 너를 저버리고 마는구나. 네 엄마를 묻고 오는 날, 아빠도 거기 묻혀 버리고 만 거야. 이제 네 아빠는 더 이상 이 세상 사람이 아니란다. 여전히 숨을 쉬고,

176

걷고, 먹고, 생각을 한다만, 난 여기 아닌 어딘가에……. 네 엄마와 함께 있단다. 나로선 어떻게 이 괴로움을 견뎌 낼 힘이 없구나. 그래서 말인데, 나는 순전히 내 이기심만으로, 널 할머니께 맡기려고 해. 난 내 몸 하나도 부지하기가 힘에 겹다. 내게 유일한 진실이란 더 이상 네 엄마를 안을 수 없다는 사실뿐이야.

'하지만 내가 있었잖아. 아빠 날 안을 수 있었잖아.' 편지를 읽으며 어네스트는 생각했다. 마치 편지를 쓰던 아빠가 어네스트의 질문을 생생하게 듣고 있었던 것만 같았다.

그래, 내겐 네가 있고 난 너의 아빠지. 지금까지 줄곧 난 내가 강한 줄만 알았단다. 이토록 힘도 용기도 없을 줄이야. 나 나름대로 성실하려고 애는 썼지만, 난 참으로 슬프고 우울한 나날들을 살아왔다는 생각이 드는구나. 또 그렇게 어머니하고 사는 것만 힘겨워할 줄 알았지 험난한 시련을 헤쳐 나갈 아무런 준비도 하지 못했고. 그래서 도망을 가는 거야. 아무리 도망을 쳐봐도 결국 내 자신으로부터 벗어날 수는 없으리라는 것을 뻔히

177

알면서도 말이다.

언젠가 캐나다에서 일자리를 제안 받은 적이 있단다. 난 그리로 갈 거다. 정말 비겁하고 용서받지 못할 아빠지. 아무리 생각해 보아도 두 팔에 아기를 안고 연구할 일이 막막하기만 하지 뭐냐. 어네스트야, 언제고 네가 아빠를 용서해 주리라 믿는다.

편지는 날마다 씌어졌다. 아빠는 살아가면서 날마다 어네스트에게 편지를 썼던 것이다. 때로는 그 날 그 날의 자질구레한 일들을 시시콜콜 깨알같이 적고 있는 길고 긴 편지를, 때로는 아빠의 철학이며 인생관을, 또 때로는 아빠가 공부하는 역사 이야기를 쓴 편지를. 편지는 언제나 '사랑하는 나의 어네스트에게'라든가 '사랑하는 아들아'로 시작되곤 했다. 어네스트는 그 자리에서 내리 몇 주일치의 편지를 읽었다.

어네스트는 편지를 어디서부터, 어떻게, 얼마만큼의 분량으로 읽어 나가야 할지 마음을 정할 수가 없었다. 아예 열 묶음을 통째로 한꺼번에 꿀꺽 삼켜 버리고 싶을 만큼 마음만 다급했다. 한 장 한 장의 편지가 전해 주는 아빠의 면면들이 어쩌다 일정량보다 넘칠 때는, 가슴이 부풀다 부풀다…… 급기야 쾅 터져 버릴 것만 같았다.

아빠 편지를 읽고 있다고 해서 아빠가 방에 와 있는 건 아니었지만, 그래도 어쨌든 어네스트는 그렇게 한 동안 아빠랑만 지내느라 빅투와르에게 내어 줄 짬이 없었다. 어네스트는 눈에 뭐가 씌워지기라도 한 듯, 아무것도 눈에 들어오지가 않았다. 어네스트를 방해해서는 안 된다는 조심스러움에, 빅투와르는 저만큼 떨어져 어네스트를 지켜 보았다. 제르멘 할머니는 마침내 어네스트가 '정상'으로 돌아왔다는 한 마디로 일축했다. 앙리에트는 어떻게든 자기가 실습한 요리들을 어네스트에게 떠먹이려고 일장 훈계를 했으며, 할머니는 멀찍이서 어네스트를 바라보는 것만으로 만족했다. 할머니 스스로 워낙 되돌아볼 일도, 분발할 일도 많은 터라 다른 일을 기웃거릴 새가 없었던 것이다.

베냐민만이 착실하게 우표 연구 책자들을 가지고 어네스트를 보러 오곤 했다. 아빠가 이 편지들을 하나하나 우편으로 부쳐 주었더라면, 베냐민 형에게 한 무더기 우표를 줄 수 있었을 텐데……. 어네스트는 그게 못내 아쉽기만 했다.

편지들은 캐나다를 거쳐 미국으로, 대학과 대학을 전

전했던 아빠의 지난날을 하나하나 보여 주었다. 영국 케임브리지에서 한 미국인 언어학자를 만나 재혼하고, 미국 매사추세츠 주에 정착하기까지. 아빠는 이렇게 썼다.

"그렇다고 해서 어디 가슴 속 텅 빈 구멍이 감쪽같이 메워지거나 땜질이야 되겠냐마는, 그 새로운 사랑이 신통하게도 상처에 진통제가 되더구나."

아빠 말이, 프랑스 말을 아주 잘하는 그 젊은 미국 여자가, 어느 날 저녁 아기를 가졌다는 뉴스를 전하더란다. 그리고 그 여자는 지난 십 년 동안 똑같은 뉴스를 내리 다섯 번이나 연달아 통고해 왔다고.

어네스트는 자기가 대가족의 맏이였다는 사실을 비로소 알게 되었다. 알고 보니 자기도, 각각 미르티유(월귤), 클레망틴(귤), 프륀(자두), 세리즈(버찌), 폼므(사과)라는 이름의 여덟 살, 여섯 살, 네 살, 두 살, 여섯 달배기 여동생들을 주렁주렁 거느린 어엿한 큰 오라버니였던 것이다. 어네스트는 자기 막내동생이랑 제레미를 결혼을 시키면 어떨까 하고 생각했다.

동생들의 모습을 그려볼 때마다, 그 애들을 보고 싶다는 열망이, 희망이, 안달이 어찌나 사납게 끓어오르는지 초콜릿까지 삼켜가며 진정을 해야 할 정도였다. 아빠는 새로 아이들이 태어났다고 해서 어네스트의 자리가 메워지는 건 아니며, 가스파르표 아빠 사랑 맨 꼭대기에는 언제나 어네스트가 자리하고 있다는 것을 몇 번이고 강조했다.

부옇게 아침이 밝아올 때까지도 어네스트는 아빠가 전해 주는 이야기를 읽었다. 바로 그 대목들이 뭉턱 빠져 버린 탓에 어네스트는 인생이라는 퍼즐을 꿰맞추는데 그렇게나 애를 먹었던 것이다. 평생 이처럼 열정적인 독서는 두 번 다시 할 수 없으리라 싶었다. 두고두고 아껴 읽을 욕심이었으나, 그만 참지 못하고 한 장 한 장 동이 나도록 읽어내려갔다.

드디어 아빠가 프랑스에서의 일 년간 연구직을 수락하게 된 대목에 이르렀다.

조금이라도 네 가까이 가고 싶어서, 행여 너를 만나볼수 있을까 해서였어. 난 내 초등학교 시절이 고스란히 담겨 있는 바로 그 학교 앞에서, 네가 나오기만을 기다렸단다. 하지만 차마 네게 다가갈 수가 없더구나. 이제와 내가 네게 무슨 말을 하겠니? '어이 꼬마, 안녕. 내가 네 아빠다. 기억나냐? 내가 바로 태어난 지 겨우 사흘된 너를 팽개쳤던 그 애비야. 자기가 겪었던 그 고통스러운 삶을 고스란히 자식에게 대물림을 한 그 작자라니까.' 라고? 그제서야 난, 내가 널 마치 내 쌍둥이 분신처럼 만들어 놓았다는 것을 깨달았단다. 아직도 모르겠구나. 그 점에 있어서마저도 난 세상 여느 아버지들답지를 못 한 건지. 기다릴수록, 네 앞에 나타난다는 게 어려워지고, 심지어 내가 말도 안 되는 소리를 하고 있는 것만 같더구나. 이제 와서 애비가 잘못했다 한들 그 잘못이 어디 가랴 싶은 게⋯⋯. 내가 꼭 무슨 괴물만 같더구나.

난 늘 어머니 집 주위를 맴돌았단다. 그러다 웬 귀여운 여자 친구 하나가 끼어들게 되고, 또 고맙게도 그 애 덕분으로 네가 조금이나마 밝아지게 된 것을 보았단다. 언젠간 도저히 믿을 수 없는 광경을 보기도 했지. 글쎄, 어느 화창한 일요일인가엔 어머니가 너와 함께 외출을 다 하시더구나.

내 어머닌 참 불쌍한 분이시지. 더 무슨 말을 하겠니? 딱하게도 어머니로선 그나마 그게 최선이었어. 상처가 너무 깊었거든. 더러는 고통을 이겨낼 수 있는 사람들도 있지. 하지만 네 할머닌 아니야! 심지어 자식인 나도 비겁하고 용렬한 방법으로라도 그 고통들을 견뎌 내었건만. 하지만 어네스트야, 난 결코 널 버린 적이 없어. 또 널 잊은 적도 없고. 그건 할머니도 마찬가지란다. 할머니는 네게 해 줄 수 있는 최선을 다하신 거야. 내게도 그렇고.

어네스트야, 네게 좀더 가까이 다가가고 싶은 마음에, 언제가 네 담임 선생님을 찾아가 뵌 적이 있단다. 선생님 말씀이 네가 꼭 하늘에서 떨어진 선물 같단다. 너 같은 제자를 가르쳐 보기는 교사 생활 평생에 처음이라시더구나. 뭐 하나 도와 줘 본 적도 눈곱만치도 없는 주제에. 난 그게 왜 그렇게 자랑스럽기만 했는지. 선생님은 네가 하도 심지가 굳고 항상 선생님의 기대치를 넘어서는 아이라서, 네가 일요일 외출에 대해 썼던 그 글을 읽어보시기 전까지는, 네 공부며 생활 환경에 대해서 전혀 궁금해하질 않으셨다는 거야. 선생님은 그저 네가 일부러 혼자 있기만을 고집하는 좀 별스런 애려니 생각을 하셨다는구나.

어네스트야, 난 네가 세상에 나오길 그토록이나 학수고대했으면서도, 막상 나왔을 땐 돌아보지도 못했구나. 하지만 내 생애 단 한 순간도 널 떠나 본 적이 없단다.

날마다 네게 편지를 썼던 것은, 솔직히 말해 너를 위해서라기보다 차라리 나를 위해서였단다. 아침부터 저녁까지 내겐 오직 네 생각뿐이었어. 하긴 그게 네게 무슨 소용이었겠냐마는! 네가 날 용서해 줄 수 있을지 모르겠구나. 내가 아는 건, 나만은 내 자신을 도저히 용서할 수 없으리란 거다.

내가 너의 크는 모습을 애써 보지 않으려 했던 것은, 내 딴엔 아마도 그게 네 엄마를 그처럼 죽게 했던 걸 속죄하는 길이라고 생각했던 모양이야. 엄마도 널 무척이나 갖고 싶어했단다. 엄마는 참 바보 같은 사고로 어이없게 돌아가셨어(어이 있는 사고가 어디 있겠냐마는). 뭐라고 했더라. 돌발성 통제 불능 이상과다 출혈이라나. 네 엄마도 고아였단다. 언젠가 난 네게 엄마 얘길 해줄 참이야. 네 엄만. 조용하면서도 눈부실 만큼 환한 여자였지. 난 네 엄마를 미치도록 사랑했단다. 그래서 결국 미쳐버렸다만.

이젠 나도 어느 정도 나은 것 같다. 씻은 듯이 말짱하게 고쳐졌다고는 할 수 없지만, 그럭저럭 작동은 하니까. 그러니까 왜 이렇게 널 품에 안아 보고 싶어지는지, 생생한 네 목소리가 왜 이렇게 듣고 싶어지는지…… . 날마다 널 보았으면 싶고, 네게 동생들이며 내 아내를 보여 주고 싶구나. 지금의 아내는 아직 아무것도 모르고 있단다. 그게 내 비밀이야.

누워서 감 떨어지기만을 기다리는 심보로, 난 그저 열심히 바라고만 있으면 뭔가가 저절로 이루어질 줄 아는 모양이다. 자기가 원하는 건 뭐든지 다 가질 수 있다는 생각이라도 하는 건지. 하긴 줄곧 가르치는 일만 하다 보니, 언제나 돈이 궁하긴 했다만, 이젠 그것도 별것 아니라는 생각이 드는구나.

어네스트야, 난 참으로 변변치 못한 무능한 아빠이지 뭐냐. 생각하는 것만으로 사랑이 다인 줄 아는…….

마지막 편지는 소포가 도착하기 바로 전날에 씌어진 것이었다.

어네스트, 내 아들 어네스트야. 네가 내 소원들을 모두 다 들어 주었구나. 결국은 네가 나보다 더 용기가 있었던 거야. 네가 먼저 나에게 다가왔으니 말이다. 부모 노릇을 오히려 아이들에게서 배우게 된다더니만. 어네스트야. 난 이제 더 이상 지체할 수가 없단다. 제발 내게

로 와 다오. 어서 빨리! 우리는 곧 다시 미국으로 돌아
가야만 해.

어네스트는 마지막 편지부터 읽지 않았던 게 원통하
기만 했다. 그러기엔 이미 너무 늦은 것만 같았다.

16
아드리앙 할아버지

어네스트가 열 묶음의 편지를 다 읽어갈 즈음, 겨울이 그 못된 심술과 감기를 후딱 거두어 가 버리고 난 뒤, 봄마저도 잠깐 반짝하던 햇빛을 조금씩 늘려가며 어느 샌가 여름맞이 채비를 한창 하고 있었다. 앙리에트는 늘 갖은 양념들에 싸여 흥얼거렸고, 제르멘 할머니는 텔레비전 앞에서 웅얼거렸고, 이래저래 프레시외즈 할머니는 중간에서 참는 게 일이었다.

어느 날, 빅투와르가 제레미를 안고 와 문을 두드렸다. 빅투와르가 중대 뉴스를 알렸다. "자, 여러분. 무슨 장면이 벌어지는지 보실까요!" 빅투와르가 제레미를 바닥에 내려놓자 제레미가 술취한 사람 모양 비틀비틀 제르멘 할머니에게로 걸어갔다. 제르멘 할머니가 소감을 말했다. "저랬던 게 꼭 엊그제같더니만."

어네스트는 마음을 단단히 먹고, 텔레비전 시청자들이 잠시 자릴 비운 사이를 틈 타 슬그머니 거실로 들어가 가스파르 모르레스 집의 전화번호를 돌렸다. 자신이 직접 아빠한테 가 볼 결심이 서기까지 어네스트는 그런 일을 골백번도 더 되풀이해야 했다.

오후만 되면 노곤해지는 선생님의 생체 리듬에 따라서, 수업은 늘 군말 없이 조용히 끝나곤 했다. 수업이 끝나면 어네스트는 곧잘 집에 들르지 않고 곧장 몽타르당네로 귀가하곤 했다. 제레미의 갈짓자 걸음을 보는 게 그렇게 즐거울 수가 없었다. 때론 제레미를 공원으로 데리고 나가 제레미 뒤를 쫓아다니며 놀았다. "정말 대단한 애야!" 어네스트가 감탄했다.

"다들 왕년엔 저랬다고." 빅투와르가 덧붙였다.

어느 수요일(프랑스에서는 수요일에 학교 수업이 없다/옮긴이주) 아침, 어네스트는 이 정도면 문제의 방문을 결행할 준비가 되었다고 느꼈다. 그게 글쎄 그렇다. 생각에 생각을 거듭하고, 수도 없이 꿈꾸고 그려보면서도,

손가락 하나를 까딱할 용기가 없어 실행에 옮기지를 못한다. 그러다 어느 날인가 느닷없이, 에잇! 작동 스위치를 딸깍 누르고 행동 개시를 하게 되는 것이다.

어네스트는 드디어 지도를 펼쳐 들고 길을 나서, 손가락으로 방향을 짚어가며, 도로와 길목을 알아맞추며, 별탈없이 무사히 목적지에 당도했다. 어네스트는 아파트 입구에서 벨을 눌러 전화에서와 똑같은 응답을 받았다. 아무도 없음.

수위 아저씨에게 물어 보았더니, 모르레스 가족은 벌써 일 주일 전에 미국으로 떠났단다.

"그 애들이 보고 싶군! 참 귀여운 아이들이었는데!" 수위 아저씨가 말했다.

어네스트는 집으로 돌아오다가, 다시 발길을 돌려 수위실에 가서 물었다.

"혹시 주소 같은 걸 남겨 놓지는 않았나요?"

"아, 참, 그랬었지, 알려 줄 테니, 잠시만."

어네스트는 자기가 꼭, 열매들이 탐스러이 무르익어 가는 찰나에 그만 밑둥을 잘린 한 그루 버찌나무 같았다. 두 팔 두 다리가 다 잘려 나간 듯한 허전함이라니! 어네스트는 오던 길을 되짚어갔다. 제레미만큼이나 비척거리는 발길로. 어네스트는 마음 속으로 편지를 썼다.
'사랑하는 아빠, 처음으로 아빠를 용서했었어요. 아빠
가 보낸 편지들을 읽으면서, 조금씩 내 속에 사랑과 감
탄의 조각들이 알알이 퍼져 나갔지요. 엄지동자(17세기
프랑스 작가인 샤를르 페로의 동화에 나오는 주인공/옮긴
이주)처럼 그 조각들을 따라 여기까지 왔어요. 하지만
아빠는 또다시 제게서 떠나 버렸군요. 이제 곧 여름이에
요. 여름 내내 아빠 편지를 다시 또 읽으며 어떻게든 아
빠를 이해하려고 애를 써 봐야겠지요.'

어네스트는 편지를 부치러 우체국에 갔다. 거기엔 태
어나 처음 보는 갖가지 아름다운 우표들이 진열되어 있
었다. 어네스트는 줄을 서서 한참을 기다린 뒤 앙리에트
에게서 꾼 돈으로 우표를 샀다.

유월 말의 후텁지근함 속에서, 어네스트는 기다렸다.
그리고 기다리다 못해 목이 빠지기 전에 이내 답장이 왔
다. 그러곤 다시 또 한 뭉치의 편지 묶음들을 받았다.
맨 마지막 편지에 아빠는 여름방학을 미국에서 지내는
게 어떻겠냐고 물었다.

"할머니만 허락하신다면, 할머니도 같이 오셨으면 좋
겠구나. 오셔서 손녀들도 만나 보시고. 또, 어머니께 용

서를 구하는 이 아들의 마음과 사랑도 받아 주신다면 더 바랄 게 없을 것 같구나. 여기서 비행기 표를 보낼 방법을 알아볼 참이란다. 정 네가 할머니께 아빠가 보낸 편지들을 보여 드리고 싶다면, 그러렴."

갑자기 어네스트의 심장이 쿵쿵 곤두박질치기 시작했다. 울 안에 갇힌 원숭이마냥 아파트 주위를 여섯 번이나 돌았다. 어떻게든 할머니한테 꼭 편지를 보여 주고 싶었다. 할머니에 대해서 '딱하게도 그나마 그게 최선' 운운한 대목이 적힌 편지들을 왕창 빼 버리는 한이 있더라도.

어네스트는 '삭제판' 편지 상자를 들고 할머니 방으로 들어갔다.

"할머니, 아빠는 집을 떠난 뒤로 날마다 제게 편지를 쓰셨대요. 그 편지들을 제게 보내셨어요. 몇 달 전에요. 할머니도 좀 읽어 보세요."

미국 초청 문제는 나중에 따로 말씀드릴 참이었다. 하지만 빅투와르에게는 곧장 털어놔 버렸다.

"누군 참 복도 많아! 미국 구경 한 번 해 보는 게 내 꿈이었는데!"

"그럼 우리랑 같이 가면 되잖아. 아니야, 어차피 할

머니가 안 가신다고 하실 게 뻔할걸, 뭘."

몽타르당 가족은 모두가 하나같이, 드디어 어네스트와 아빠 그리고 아빠의 새 식구들과의 상봉이 이루어질지도 모른다는 기대심으로 뛸 듯이 기뻐했다. 어네스트는 편지의 감동들도 함께 나눌 수 없었던 것이 못내 아쉬웠다.

단이 어네스트에게 반가운 소식을 전해 주었다.

"교수님들 가운데 고문자를 꽉 잡고 계시는 분이 계시거든. 그 분한테 네 편지에 대해 말씀드렸더니, 어디 한번 보았으면 좋겠다고 하시더구나."

두 집이 서로 왕래가 워낙 잦은 관계로, 어네스트가 단에게 문제의 편지를 건네 주는 건 전혀 어려울 게 없었다.

"굳이 말 안 해도 알 거야, 형. 조심해서 다루어야 해. 할머니 몰래 가지고 나온 거니까."

"너도 같이 가는 게 어때?" 단이 제안했다.

"아, 그게 좋겠다. 편지를 해독해 보겠다고 그 동안 나 혼자 끙끙거렸던 일을 생각하면."

"좋아, 그럼 다음 주 수요일 시험 끝나고 찾아뵙겠다고 교수님께 말씀드려 놓을게."

프레시외즈 할머니는 끼니때만 잠깐, 그것도 종종 퉁퉁 붓고 빨개진 눈으로 얼굴을 내밀 뿐, 통 방에서 나오질 않았다. 제르멘 할머니는 자기 집으로 돌아가겠다고 부산을 떨었다. 몸도 거뜬해졌겠다, 이제 더 이상은 앙리에트가 만든 그 기름 덩이들과 크림으로 범벅된 수프 속에서 허우적대는 일은 못 참겠다는 것이다. 게다가 앙리에트는 여름 동안 코트 다쥐르 해변가의 어느 조그만 가족 별장에서 요리를 해 달라는 요청이 들어왔단다. 프레시외즈 할머니가 좋은 기회라고 앙리에트를 부추겼다. "우리야, 어떻게 되겠지, 뭐."

어네스트는 이 때야말로 아빠의 제안에 대해서 말을 꺼낼 절호의 찬스라고 생각했다. 하지만 차마 그럴 용기가 나지 않았다.

어네스트는 늘 그렇듯이 온갖 찬사를 한 몸에 받으며 영예롭게 한 학년을 마쳤다. 교장 선생님까지 직접 참석해 뜨거운 포옹과 함께 작년에 이미 받았던 마르셀 파뇰(20세기 프랑스 작가 / 옮긴이주) 전집을 상으로 주었다. 빅투와르 역시 '놀라운 발전'을 이루었다는 칭찬을 받았다. 어네스트가 더욱 노력하라는 격려의 뜻으로 빅투와르에게 전집을 주었다.

빅투와르까지도 어네스트와 단을 따라 고문자를 '꽉 잡고' 있다는 교수님을 만나러 갔다. 교수님은 난해하기 짝이 없는 그 존엄한 편지를 별것 아니라는 듯 술렁술렁 풀어 나갔다. 어네스트는 한 마디라도 놓칠세라 열심히 받아 적었다. 그 결과, 다음과 같은 편지 문안이 작성되었다.

사랑하는 가족에게

이곳 전방은 날씨가 무척 춥다. 두툼한 내복과 양말 몇 벌을 부쳐 줄 수 있을지? 일전에 보낸 과자와 바지는 잘 받았다. 다시 또 편지 하마. 이만 총총.

아드리앙 씀.

어네스트는 너무 어이가 없고, 기막히고, 맥 풀리고, 진이 빠져, 어찌할 바를 몰랐다. 졸지에 그야말로 종이 호랑이만 죽어라 쫓아다닌 사냥꾼이 되어 버린 것이다.

"이게 다예요?"

"다야."

"확실해요?"

"확실해서 미안하다. 이거야말로 흔히 병사가 가족에게 보내는 아주 전형적인 편지지. 전쟁터에 나와 있는 병사가 춥고 무섭다는 것말고 더 이상 무슨 말이 하고 싶겠냐."

"이걸 굳이 할머니께 알려 드려야 할까?" 어네스트가 단에게 물었다.

"차라리 잘 된 일이라고 하실지도 몰라. 수수께끼 하나가 풀렸으니. 그만큼 비밀 하나도 줄어든 셈이잖아."

"우리가 같이 가 줄게."

삼인조가 프레시외즈 할머니의 방에 들이닥쳤을 때, 마침 할머니는 베냐민과 한참 얘기를 나누던 중이었다. 베냐민이 세 사람을 보자 화들짝 튀어 일어났다.

"할머니, 알려 드릴 게 있는데요. 저기요, 제가 단에게 부탁해서 이 편지를 어느 교수님께 가져가 봤더니, 그 분이 편지를 해독해 주셨어요. 이게 그 편지 내용이래요."

어네스트는 할머니께 쪽지를 내밀었다. 통곡을 해도 시원찮을 일을. 할머니는 되레 깔깔거리며 박장대소를 했다.

"비밀치고 참 희한한 비밀도 다 있구나, 어네스트. 그게 그러니까 인생 비법을 전하는 비밀이었구나. 어떻게든 아등바등 살아남아야 한다는! 얘야, 잔치라도 해야겠다. 그렇지 않아도 앙리에트가 마지막 고별 별식까지 만들어 놓았겠다. 몽타르당 식구들도 **몽땅** 다 오시라 했으니까."

"하지만 할머니, 전 이 편지에 무슨 굉장한 거라도 있는 줄 알았단 말이에요!" 어네스트가 부르짖었다.

"베냐민, 쟤 좀 어떻게 말려 봐라!" 프레시외즈 할머니가 간청했다.

"편지가 다 그런 거지, 뭐. 굉장해 봤자 얼마나 굉장하겠어. 하지만 우표는 얼마든지 굉장할 수가 있지! 이 우표가 이래 봐도 당시에 인기 시리즈 품목 가운데 하나였던 바로 그 흠 있는 우표라고. 내가 알아봤더니 이 우표를 거금을 주고 사겠다는 우표 수집상이 있더라."

"설마, 농담이겠지?"

"농담이라니. 진담이다."

마침 앙리에트가 초콜릿 무스(크림과 초콜릿, 달걀 흰자로 만든 디저트/옮긴이주)와 커다란 봉투 하나를 들고 들어왔다.

"비행기표 왔다, 어네스트."

"아니, 그럼 가기로 하신 거예요, 할머니?"

"가야지, 어네스트. 죽으면 표도 말짱 무효가 될 텐데."

어네스트는 주저앉아, 눈물을 감추려 두 팔에 얼굴을 묻었다. 아무도 어네스트를 방해하지 않았다. 어네스트가 얼굴을 들어 빅투와르를 바라보았다. 그처럼 행복에 겨운 속에서도 한 가닥 슬픔이 스며들었다.

"여름 내내 널 볼 수 없다니."

"어네스트야, 표는 석 장이야. 하나는 빅투와르 몽타르당 양 앞으로 되어 있지. 네 애비가 빅투와르 부모님과 의논해 결정을 했다는구나." 할머니가 말했다.

빅투와르는 어네스트를 부둥켜안았다가, 프레시외즈 할머니를 끌어안았다가, 앙리에트를, 오빠들을, 할 수만 있다면 하늘마저도 끌어안을 기세였다.

"우린 신혼 여행부터 먼저 하게 되네요."

베냐민이 부르짖었다. 그 옛날, 미대륙 개척자처럼.

"가자, 서부로!"

잠자는 숲 속의 왕자, 어네스트

요즘 유치원에 다니는 꼬마 여자 아이에게 '너 참 멋있다' 하면 버럭 화를 낸다. 꼬마 남자 아이에게 '너 참 예쁘구나' 해도 버럭 화를 낸다. 실언도 보통 실언이 아닌 것이다. 아이들의 머릿속에는 '남자는 멋있고 여자는 예쁘다'가 공식처럼 박혀 있다. 남자 아이들은 모두 파란 허리띠를 두르고 태권도 도장에 가야 하며, 여자 아이들은 분홍 머리띠에 분홍 토슈즈를 신고 발레 학원에 다녀야 한다. 누가 가르쳐 준 것도 아닌데 왜 그럴까. 그 사이 강산이 몇 번이나 바뀌고도 남았을 만큼 세월이 지났는데도, 아이들의 고정관념은 내가 자랄 때와

198

조금도 달라지지 않았다. 혹 고정관념이나 통념도 유전자 속에 입력되어 대대손손 이어지는 건 아닐까? 꼬마 때는 워낙 공주. 왕자 이야기들 속에 파묻혀 지내는 시절이기 때문이라고 치자. 우리의 십대 아이들은 어떤가? 시험이 코앞이라도 기어코 보고야 마는 텔레비전 미니시리즈물들에는 날이 가고 해가 바뀌어도 늘, 직종만 달리한 '예쁜 신데렐라'들이 '백마를 타고 온 멋있는 왕자'들을 만나고 있다. 이 번개같이 질주하는 21세기에도 여전히 신데렐라 신드롬이 건재하고 있다니……. 시대는 전진하는 것일까? 제자리에서 뱅글뱅글 맴을 도는 것일까?

'왕자는 멋있고 공주는 예쁘다'란 통념을 뒤집은 것만으로도, 빅투와르의 이야기는 통쾌하고 재미있다. 그렇다. 난 이 소설을 어네스트가 아닌 빅투와르의 이야기로 읽었다. 독자가 책을 읽어 나가는 길은 수천수만 길이니까. 하지만 소설의 주인공에 대한 예우상, 어네스트의 이야기로부터 말문을 여는 게 낫겠다. 잠자는 숲 속의 공주가 태어나면서부터 불운의 저주를 받았던 것처럼, 어네스트는 태어나면서부터 불행하고 고독했다. 공주가 물레 바늘에 찔려 잠에 떨어지자 왕에서부터 시종

에 이르기까지 성 전체가 죽은 듯 잠에 빠져들었듯이,
어네스트네 집도 모두가 죽은 듯 잠들어 있다. 어네스트
는 무덤처럼 말이 없는 두 할머니 사이에서, 죽은 사람
들의 편지와 추억과 초상들만을 바라보며, 그저 낯익은
습관처럼 하루하루를 기계적으로 반복하면서, 깨어 있
으면서도 잠을 자는 듯한 반수면 상태로 살아간다. 게다
가 천하의 백설 공주도 잠에 떨어지게 한 그 파란 사과
를 겁도 없이, 무신경하게, 하루도 빠짐없이 수면제 복
용하듯 간식으로 먹으면서 말이다. 그런데 빅투와르가
등장하면서부터, '잠자는 숲 속의 왕자' 어네스트는 비
로소 잠에서 깨어나 기지개를 켜기 시작했다. 빅투와르
는 여느 왕자들처럼 우아하게 백마를 타고 오진 못했지
만, 대신 열여섯 명이라는 대가족에 집안일을 도와 주는
아줌마, 심지어 그 아줌마의 딸까지 줄줄이 대부대를 거
느리고 왔다. 그러곤 높은 데서 낮은 데로 삼투압 현상
이 일어나듯, 인구가 넘쳐나는 대가족의 북적이고 정신
없고 활기차고 생생한 삶의 기운이 조금씩 서서히, 인구
부족의 결손가정, 어네스트네 집으로 스며들기 시작하
는 것이다.

공주와 왕자들이 으레 그렇듯이, 어네스트의 장점도

'잘생겼다'는 한 마디로 요약된다. 잠자는 숲 속의 미남인 것이다. 더욱이나 잠자면서까지도 모범생에 우등생일 수 있다는 점은 높이 살 만한 일이다. 그러나 '공부 문제'는 열외로 치는 게 공정할 것 같다. 컴퓨터와 텔레비전과 친구들 사이에 파묻혀 공부를 하려고 해도 할 짬이 없는 우리들도, 어네스트처럼 텔레비전조차 없는 집과 학교만을 시계추처럼 오가며 틀에 박힌 듯 맹숭맹숭 산다면 얼마든지 우등생이 될 수 있지 않을까 하는 생각에서이다. 어떻게 보면 어네스트는 '차려 주는 대로 먹을 뿐인' 수동적이고, '오로지 한 길로만 다니는' 외골수인데다, '가수 이름 하나, 텔레비전 프로그램 하나 변변히 알고 있는 게 없는' '멸종되어 가는 천연기념물'에다가 '질문조차 더듬는' 겁쟁이기까지하다. 우리 나라에서라면 왕자는커녕 왕따 될 소질만 다분한 것이다. 그러니 빅투와르한테 '꿔다 논 보릿자루'라는 면박을 받아도 어네스트는 할 말이 없을 수밖에⋯⋯.

반면 빅투와르는 어떤가. 거침없다. 꾸밈없다. 용감하다. 씩씩하다. 물불을 안 가린다(뿐만 아니라 남자 화장실, 여자 화장실도 안 가린다). 게다가 식구들 열다섯 명이 내팽개친 동생을 들쳐 업고 학교에 시험을 보러 올

만큼 꿋꿋하고 억척스럽다. 그러면서 빅투와르는 어네스트에게 독감 바이러스뿐만 아니라, 용기와 사랑 그리고 살아가는 데 없어서는 안 될, 가장 중요하고 필수적인 자질인 '유머 감각'까지 전수한다.

여러분도 십여 년을 살아봐서 알겠지만, 사실 동화 속의 이야기들에서처럼 '그 후 오래오래 행복하게 살았답니다'라는 결론을 맺기란 그다지 호락호락한 일이 아니다. 오랜 동면에서 깨어난 어네스트도 그간 뒤처진 인생을 만회하려면 우선 살아가는 법부터 배워야 했다. 기초적인 말하기에서부터, 대화하기, 더듬거리지 않고 질문하기, 전화 걸기, 장보기, 아기 보기, 축구하기, 친구 사귀기……. 하지만 어네스트가 배워야 할 것은 무엇보다도 삶의 불행과 슬픔과 상처를 헤쳐 나갈 용기였다. 빅투와르의 독감과 함께 어네스트에게로 옮겨온 용기와 사랑은 무덤 속에서 살고 있는 듯한 할머니에게로 이어지고, 또 대책 없고 용기 없고 무책임했던 아빠까지도 이해하고 용서하며 사랑으로 감싸안을 만큼 어네스트의 마음 속에 알알이 퍼져 나갔다. 마음에서 마음으로 온기가 전해지면서, 꽁꽁 닫혔던 마음들이 조금씩 열리게 된 것이다.

사람은 저마다 다 홀로 떨어져 있는 섬이라고 한다. 그만큼 사람과 사람의 관계는 단절되고 고립되어 있다는 뜻일까? 이 책을 읽으면서 알쏭달쏭하기만 했던 그 말의 깊은 속내를 조금은 알 것도 같았다. 섬과 섬 사이에 물길이 있듯이, 사람과 사람 사이에도 물길이 있는가 보다. 그 물길을 따라 한 사람으로부터 시작되는 조용한 물결이 동심원을 그리며 점점 크고 넓게 퍼져 나가듯, 사람에서 사람에게로 퍼져 나가는 것 같은 훈훈하고 따뜻한 느낌이 들었다.

그러고 보니 이상 열거한 몇 가지 미덕만으로도 이 책은 굉장히 훌륭한 것 같다. 통념을 뒤집었고, 고전에 대한 은근한 패러디와 익살, 유머, 거기에다가 훈훈하고 따뜻하기까지 하니 말이다. 그래서 이 책의 저작권이 세계 각국으로 불타나게 팔려 나가고, 수십 개의 상을 휩쓸었던 것일까. 그건 책을 읽는 여러분이 판단할 몫이다. 아까도 말했지만 독자와 책 사이엔 수천수만의 길이 있으니까. 하지만 난 이 책의 미덕에 나만이 누렸던 즐거움 한 가지를 더 얹고 싶다.

나도 중학교 1학년 때, 초등학교 5학년인 소년 소녀의 사랑 이야기를 읽었다. 이젠 기억조차 가물거리지만,

그 여자 아이도 빅투와르처럼 새로 이사를 왔던가, 전학을 왔던가 했던 것 같다. 도시에서 전학 온 여자 아이와 순수하고 우직한 시골 남자 아이와의 사랑이 무르익어 갈 무렵, 그 여자 아이도 빅투와르처럼 지독한 '세균성 박테리아에게 당했던' 모양이다. 소년이 더 이상 학교 운동장에서도, 5학년 여자 아이들 반에서도 소녀의 모습을 보지 못하게 되었으니 말이다. 어네스트처럼! 하지만 미국으로 밀월(?) 여행까지 떠나게 된 빅투와르와 어네스트와는 달리, 그 사랑은 너무도 애절하고 비극적으로 끝났던 기억이다. 어느 날 나는 이 책을 옮기다 말고 솟구치는 궁금증을 참지 못해, 과감히 그 책을 찾아 나섰다. 알 만한 사람은 다 알 것이다. '소나기'

'소나기'를 다시 읽으면서, 책은 책으로의 길을 열어 줄 뿐만 아니라, 새로운 시각을 열어 주기도 한다는 것을 새삼 확인했다. 여전히 감동적이고 아름다운 글이라는 것 외에도, 중학교 1학년 때는 미처 몰랐던 여러 가지를 깨닫게 되었으니 말이다. 아, 그 때도 여자 아이들은 분홍색 옷을 즐겨 입었구나, 아, 그 때도 여자 아이들은 '보호를 받아야 하고', 남자는 '보호를 해야 한다'는 역할 분담이 확실했구나, 혹시 윤 초시네 증손녀도 몰락한 가문의 마지막 후예답게 공주병을 앓았던 것은 아닐까…… 등등. 여러분도 '소나기'를 읽으며, 똑같은 초등학교 5학년인 어네스트와 빅투와르 이야기와의 '시대적 차이', '문화적 차이', '국적 차이', '희비극의 차이', '장단편의 차이' 등을 비교해 보길 바란다. 그 책은 늘 중학생들만의 전유물로 생생히 살아 있어야 할 우리의 고전이니까. 혹시 '소나기'가 '청소년 도서 권장 목록 제1권'이라는 타이틀 때문에 부담스럽다면, 옛날 유치원 때 읽었을 그림책, '종이봉지 공주'를 다시 읽어 보는 것은 어떨까. 다 타 버린 공주 옷 대신에 종이봉지라도 껴입고 왕자를 구하러 가는 용감한 공주와, 기껏 구해 놓았더니 공주의 종이봉지 옷이나 타박하는 한심한 왕자를 부담 없이 '그림'으로 보면서 여학생들은 통쾌해하고, 남학생들은 반성하고 분발하면서 잠시나마 중간고사의 시름을 잊어 보는 것은 어떨지.

이야기가 더 옆길로 새기 전에 이만 마무리를 지어야 할까 보다. 아마도 난 이런 이야기를 하고 싶었던 것 같다. 누구에게나 정해진 역할이 따로 있는 것은 아니다. 어네스트와 빅투와르의 이야기 속에는 지금까지 우리가 알고 있던 역할들이 끊임없이 뒤바뀐다. 단지 왕자와 공주가 뒤바뀌고 소년과 소녀의 역할만이 전도되는 것이 아니라, 아이와 어른의 역할도 뒤바뀐다. 어른보다 더 어른스러운 아이, 아이보다 더 아이 같은 어른……. 아니, 책에 나오는 거의 모든 인물들이 우리가 익히 알고 있던 역할에서 벗어나, 저마다 튀고 돌출하며 우리의 상식을 뒤엎는다. 바로 그러한 역할의 반전이 우리에게 즐거움과 웃음을 준다. 그것은 우리가 지금까지 익숙했던 생각의 틀을, 고정된 테두리를 허물어 주는 즐거움이고 웃음이다. 그 웃음 속에서 우리의 생각이 조금씩 틀을 깨고 열릴 때, 어느 샌가 우리는 훌쩍 어른이 되어 있지 않을까.

이정임

옮긴이 이정임

연세대 및 연세대 대학원에서 불어불문학을 공부하고, 프랑스 파리4대학에서 현대 프랑스 소설로 박사과정을 수료했다. 옮긴 책으로는 『철학이란 무엇인가』, 『아이들이 본 성경』, 『말하는 백과사전 시루스 박사 3-6』, 『밀레』, 『소중한 주주브』 등이 있다.

블루픽션 4

0에서 10까지 사랑의 편지

1판 1쇄 펴냄 2002년 4월 29일
1판 24쇄 펴냄 2020년 1월 23일
지은이/ 수지 모건스턴
옮긴이/ 이정임
펴낸이/ 박상희
펴낸곳/ (주)비룡소
출판등록/ 1994. 3. 17. (제16-849호)
주소/ 06027 서울시 강남구 도산대로1길 62 강남출판문화센터 4층
전화/ 영업 02)515-2000
팩스/ 02)515-2007
편집/ 02)3443-4318,9
홈페이지/ www. bir. co. kr
제품명 어린이용 반양장 도서 제조자명 (주)비룡소 제조국명 대한민국 사용연령 3세 이상

ISBN 978-89-491-2057-7 44800
ISBN 978-89-491-2053-9 (세트)

| 블루픽션 시리즈

1. 스켈리그 데이비드 알몬드 글/ 김연수 옮김

안데르센 상, 엘리너 파전 문학상, 카네기 상, 휘트브레드 상, 마이클 L.프린츠 상,
어린이도서연구회 권장 도서, 책교실 권장 도서, 중앙독서교육 추천 도서

2. 운하의 소녀 티에리 르냉 글/ 조현실 옮김

소르시에르 상, 어린이도서연구회 권장 도서

3. 내 이름은 미나 데이비드 알몬드 글/ 김영진 옮김

안데르센 상, 엘리너 파전 문학상, 카네기 상, 휘트브레드 상, 마이클 L.프린츠 상

4. 0에서 10까지 사랑의 편지 수지 모건스턴 글/ 이정임 옮김

밀드레드 L. 배첼더 상, 어린이도서연구회 권장 도서

5. 희망의 섬 78번지 우리 오를레브 글/ 유혜경 옮김

안데르센 상 수상 작가, 밀드레드 L. 배첼더 상, 머더카이 상, 아침햇살 선정 좋은 어린이 책,
중앙독서교육 추천 도서, 책교실 권장 도서, 책따세 추천 도서

6. 뤽스 극장의 연인 자닌 테송 글/ 조현실 옮김

프랑스 '올해의 청소년 책', 소르시에르 상, 어린이도서연구회 권장 도서, 열린 어린이가 뽑은 좋은 책

7. 시인 X 엘리자베스 아체베도 글/ 황유원 옮김

카네기상, 내셔널 북 어워드, 마이클 L. 프린츠 상, 보스턴 글로브 혼 북 상, 골든 카이트 어워드

9. 이매지너리 프렌드 매튜 딕스 글/ 정회성 옮김

10. 초콜릿 전쟁 로버트 코마이어 글/ 안인희 옮김

미국 도서관 협회 선정 도서, 뉴욕타임스 선정 도서, 어린이도서연구회 권장 도서

11. 전갈의 아이 낸시 파머 글/ 백영미 옮김

뉴베리 상, 국제 도서 협회 선정 도서, 마이클 L. 프린츠 상, 책교실 권장 도서, 어린이도서연구회 권장 도서

12. 내 안의 마녀 마거릿 마이 글/ 햇살과나무꾼 옮김

카네기 상, 보스턴 글러브 혼 북 아너 상 수상작, 미국도서관협회 선정 최고의 청소년 책,
북리스트 선정 편집자 추천 도서, 스쿨라이브러리저널 선정 최고의 책

13. 나의 산에서 진 C. 조지 글/ 김원구 옮김

뉴베리 상, 미국 도서관 협회 선정 도서, 어린이도서연구회 권장 도서,
열린 어린이가 뽑은 좋은 책, 책교실 권장 도서

14. 먼 산에서 진 C. 조지 글/ 김원구 옮김

17. 푸른 황무지 데이비드 알몬드 글/ 김연수 옮김

안데르센 상, 엘리너 파전 문학상, 스마티즈 상, 마이클 L.프린츠 상, 어린이도서연구회 권장 도서

18. 킬리만자로에서, 안녕 이옥수 글김

학교도서관저널 추천 도서

19. 레모네이드 마마 버지니아 외버 울프 글/ 김옥수 옮김

20. 기억 전달자 로이스 로리 글/ 장은수 옮김

뉴베리 상, 보스턴 글로브 혼 북 명예상, 어린이도서연구회 권장 도서,
열린 어린이가 뽑은 좋은 책, 교보문고 추천 도서

21. 내 안의 또 다른 나 조지 E. L. 코닉스버그 글·그림/ 햇살과나무꾼 옮김

어린이도서연구회 권장 도서, 교보문고 추천 도서

22. 내 인생의 스프링캠프 정유정 글

세계청소년문학상, 문화관광부 교양 도서, 어린이도서연구회 권장 도서,
교보문고 추천 도서, 학도넷 추천 도서

23. 줄무늬 파자마를 입은 소년 존 보인 글/ 정회성 옮김

아일랜드 '오늘의 책', 행복한 아침독서 추천 도서, 교보문고 추천 도서

24. 이상한 나라에 빠진 앨리스 지은이 알 수 없음/ 이다희 옮김

고래가 숨쉬는 도서관 추천 도서, 교보문고 추천 도서

25. 파랑 채집가 로이스 로리 글/ 김옥수 옮김

어린이도서연구회 권장 도서

26. 하이킹 걸즈 김혜정 글

블루픽션상, 한국문화예술위원회 우수문학도서, 책따세 추천 도서, 학도넷 추천 도서

27. 지구 아이 최현주 글

제11회 블루픽션상 수상작

28. 나는 브라질로 간다 한정기 글

황금도깨비상 수상 작가, 소년조선일보 추천 도서, 중앙일보 추천 도서

29. 키싱 마이 라이프 이옥수 글

한국문화예술위원회 우수문학도서, 어린이도서연구회 권장 도서, 교보문고 추천 도서,
전국독서새물결모임 추천 도서, 학교도서관저널 추천 도서

30. 꼴찌들이 떴다! 양호문 글

블루픽션상, 행복한 아침독서 추천 도서, 교보문고 추천 도서, 책따세 추천 도서,
경기도학교도서관사서협의회 추천 도서, 중앙일보 북클럽 추천 도서

31. 우연한 빵집 김혜연 글

문학나눔 선정 도서, 학교도서관저널 추천 도서, 책따세 추천 도서, 아침독서 추천 도서,
어린이도서연구회 추천 도서

32. 생쥐와 인간 존 스타인벡 글/ 정영목 옮김

미국 도서관 협회 선정 도서, 국립어린이청소년도서관 추천 도서

33. 두 개의 달 위를 걷다 샤론 크리치 글/ 김영진 옮김

뉴베리 상, 미국 어린이 도서상, 스마티즈 북 상, 영국독서협회 상 수상작,
경기도학교도서관사서협의회 추천 도서, 학도넷 추천 도서

34. 침묵의 카드 게임 E. L. 코닉스버그 글/ 햇살과나무꾼 옮김

스쿨 라이브러리 저널 선정 최고의 책, 에드거 앨런 포 상 노미네이트,
경기도학교도서관사서협의회 추천 도서, 아침독서 추천 도서

35. 빅마우스 앤드 어글리걸 조이스 캐럴 오츠 글/ 조영학 옮김

스쿨 라이브러리 저널 선정 최고의 책, 미국 도서관 협회 선정 최고의 청소년 책,
뉴욕 공립 도서관 추천 도서, 학교도서관저널 추천 도서

36. 서쪽 마녀가 죽었다 나시키 가오 글/ 김미란 옮김

소학관 문학상, 일본 아동문학가협회 신인상, 한국간행물윤리위원회 청소년 권장 도서,
어린이도서연구회 권장 도서, 아침독서 추천 도서, 책따세 추천 도서

37. 닌자걸스 김혜정 글

전국학교도서관담당교사모임 추천 도서, 아침독서 추천 도서

38. 첫사랑의 이름 아모스 오즈 글/ 정회성 옮김

안데르센 상, 제브 상

39. 하니와 코코 최상희 글

블루픽션상, 사계절문학상 수상 작가, 학교도서관저널 추천 도서

40. 파랑 치타가 달려간다 박선희 글

제3회 블루픽션상 수상작, 학교도서관저널 추천 도서, 아침독서 추천 도서,
어린이도서연구회 권장 도서, 책따세 추천 도서, 문화체육관광부 우수교양도서

41. 나는, K다 이옥수 글

42. 어쩌자고 우린 열일곱 이옥수 글

한국도서관협회 우수문학도서, 학교도서관저널 추천 도서

43. 앉아 있는 악마 김민경 글

44. 최후의 Z 로버트 C. 오브라이언 글/ 이진 옮김

뉴베리 상 수상 작가

45. 스카일러가 19번지 코닉스버그 글/ 햇살과나무꾼 옮김

뉴베리 상 2회 수상 작가, 학교도서관저널 추천 도서

46. 줄리엣 클럽 박선희 글

제3회 블루픽션상 수상 작가, 대한출판문화협회 선정 올해의 청소년 도서,
한국도서관협회 선정 우수문학도서

47. 번데기 프로젝트 이제미 글

제4회 블루픽션상 수상작

48. 뚱보가 세상을 지배한다 K.L. 고잉 글/ 정회성 옮김

마이클 L. 프린츠 아너 상

49. 파랑 피 메리 E. 피어슨 글/ 황소연 옮김

미국학교도서관저널, 미국도서관협회 선정 청소년 분야 '최고의 책',
학교도서관저널 추천 도서, 책따세 추천 도서

50. 판타스틱 걸 김혜정 글

제1회 블루픽션상 수상 작가, 대한출판문화협회 선정 올해의 청소년 도서,
고래가 숨쉬는 도서관 선정 도서, 한국도서관협회 선정 우수문학도서,
경기도학교도서관사서협의회 추천 도서

68. 반드시 다시 돌아온다 박하령 글

제10회 블루픽션상 수상작, 학교도서관저널 추천 도서, 세종도서 문학나눔 선정 도서

69. 원더랜드 대모험 이진 글

제6회 블루픽션상 수상작, 국립어린이청소년도서관 추천 도서, 아침독서 추천 도서

70. 나는 일어나, 날개를 펴고, 날아올랐다 조이스 캐럴 오츠 글/ 황소연 옮김

미국 내셔널북어워드, 오헨리 상 수상 작가

71. 칸트의 집 최상희 글

제5회 블루픽션상 수상 작가, 아침독서 추천 도서, 세종도서 문학나눔 선정 도서

72. 태양의 아들 로이스 로리 글/ 조영학 옮김

뉴베리 상, 보스턴 글로브 혼 북 명예상 수상 작가

73. 마법의 꽃 정연철 글

푸른문학상 수상 작가, 세종도서 문학나눔 선정 도서, 학교도서관저널 추천 도서

74. 파라나 이옥수 글

학교도서관저널 추천 도서, 사계절문학상 수상 작가, 책따세 추천 도서, 국립어린이청소년도서관
추천 도서, 세종도서 문학나눔 선정 도서, 아침독서 추천 도서

75. 그 여름, 트라이앵글 오채 글

마해송 문학상 수상 작가, 국립어린이청소년도서관 추천 도서, 아침독서 추천 도서

76. 밀레니얼 칠드런 장은선 글

제8회 블루픽션상 수상작, 학교도서관저널 추천 도서, 아침독서 추천 도서

77. 아르주만드 뷰티 살롱 이진 글

블루픽션상 수상작가, 한국출판문화진흥원 우수 콘텐츠 제작 지원 당선작

78. 굿바이 조선 김소연 글

⊙ 계속 출간됩니다.